KB105343

사랑나무

최복현 이야기
박미미 그림

잇북
it BOOK

"그래. 사랑이란

이렇게 서로 자신을 조금씩 깎고 상대의 속으로

들어가는 거야. 과정은 아프지만 나중엔

그 아픔마저 상쇄하고도 남을 이런 기쁨이 찾아오니까

사랑은 아름다운 거야.

우리도 그런 사랑을 배워가는 중이고."

1

앙상한 나뭇가지 사이로 달빛이 새어들어 오고 있었다. 그 밤, 달빛은 유난히 아름답게 빛났지만 나뭇가지들이 그림자를 만들어내는 숲속은 오히려 음산한 느낌을 주었다. 어디서 일었는지 바람이 불자 드문드문 자리를 잡고 있는 앙상한 억새들이 쓸쓸한 소리를 내며 서로 몸을 비볐다.

바람이 실어왔을까? 갑자기 어두워지는 하늘, 눈썹 모양보다는 살이 좀 찐 듯한 달이 검은 구름에 가리는가 싶더니 부슬거리며 비가 내리기 시작했다. 때로는 바람에 날려 갈 길을 잃고 여기저기 흩어지는 비가 잠에서 깰 줄 모르는 나무들을 어서 일어나라고 재촉하듯 촉촉이 적시고 있었다.

　빗물은 아직 차가웠다. 밤이 깊어지면서 간간이 섞여 내리는 눈에 나무들은 오들오들 떨었다. 그렇게 얼마쯤 지났을까. 빗물의 차가운 감촉에 놀라 잠에서 깬 피나무 역시 추워서 몸을 잔뜩 웅크리고 있었다. 그러면서도 참나무가 어떻게 하고 있는지 궁금해서 간신히 눈을 뜨고 바로 위에 있는 참나무를 곁눈질로 살폈다.

　피나무가 능선의 북쪽, 그러니까 능선에서 조금 내려와 있었다면 참나무는 능선에 붙어 있어서 자기보다 일찍 잠에서 깨어나 있을 것 같았다. 하지만 피나무는 쑥스러워서 차마 말을 걸어 참나무가 깼는지 확인해볼 수가 없었다. 어차피 추위로 말을 나누는 것조차 힘들긴 했지만…….

그렇게 추위에 떨면서 밤을 보내고 나니 유난히 청명한 아침이 찾아왔다. 부드러운 아침 햇살의 따사로움과 대지에서 들려오는 싱그러운 봄의 소리, 우아한 곡선을 그리며 하늘을 날아다니는 새들의 흥겨운 노랫소리, 작은 곤충들의 앵앵거리는 소리에서 봄을 느끼며 피나무는 마음이 무척 설레었다.

그때 참나무가 기지개를 켰다. 피나무는 참나무가 마침내 진짜로 깨어난 것을 확인하고 빙긋이 웃었다. 참나무도 피나무를 바라보며 싱긋 웃어주었다. 둘은 미소를 주고받으며 행복해하면서 올해는 꼭 하나가 될 수 있을 거라는 기대로 마음이 부풀었다.

비가 온 다음 날이어서 그런지 이날 아침에는 유난히 여러 새들이 각기 다른 노래를 가지고 와서 숲속 공연을 펼쳤다. 피나무와 참나무는 새들이 자신들의 재회를 축복하기 위해 모여드는 것이라고 생각했다. 살랑거리며 불어와서 마음을 싱숭생숭하게 만드는 바람도 자신들을 위해 신들이 보내준 선물로 알았고, 발치 여기저기에서 피어나기 시작하는 노란 꽃들도 자신들의 재회에 박수를 보내주는 것 같았다.

둘은 작년에 나누다 만 이야기로 시작해서 지난날들을 추억하며 즐겁게 이야기꽃을 피웠다. 참나무가 무슨 말을 하든 피나무에겐 그 말들이 명언 중의 명언으로 들렸고, 피나무의 아무 의미 없는 말들도 참나무에겐 아름다운 노래로 들렸다. 봄이 둘의 마음을 설레게 했고, 사랑하는 마음을 갖게 했고, 서로 하나가 될 수 있다는 희망을 갖게 했다. 그리고 세상을 온통 아름다움으로

물들였다.

"지난겨울엔 당신을 다시는 못 볼 것 같아서 잠을 안 자려고 했는데 나도 모르게 잠이 들었지 뭐예요."

"응, 나도 그랬어. 하지만 잠에서 깰 때 네가 보여서 얼마나 좋았는지 몰라. 너와 처음 만나서 가까워지던 날들이 문득 생각나. 많이 힘들기도 했지만 지금 우린 그만큼 또 많이 가까워졌어. 그 생각만으로도 참 많이 기뻐."

"나도 기뻐요. 세상의 모든 것들이 당신과 나를 위해 존재하는 것 같아요."

"돌아보면 우리도 참 갈등이 많았어. 용케 여기까지 왔구나."

"미안해요, 당신한텐. 당신은 내가 무척 미웠을 거예요. 매년 가을이면 당신한테 짜증을 냈지요. 당신 잘못도 아닌데. 왜 우리가 빨리 가까워지지 못하는지 괜히 짜증이 나지 뭐예요. 지난 몇 해 동안 가을엔 짜증내고, 봄이면 그 생각을 하면서 후회하고, 당신한테 미안하고, 또 반복하고, 내가 참 못됐다는 생각이 들면서도 내가 왜 그렇게 짜증을 잘 내는지 나도 모르겠더라고요. 그래도 당신은 화가 안 나는지, 나를 위로하고 격려해주었어요. 그런데 그러는 게 때로는 더 짜증나더라고요. 당신이 너무 담담한게 말예요. 지금은 미안하단 말밖엔……."

참나무의 몸에서 먼저 연초록 잎이 돋아났다. 만지면 금방이라도 부서질 것 같은 귀엽고 여린 잎이 팔랑거리면서 봄바람에 한

들거리는 모습을 본 피나무는 자기 심장이 파르르 떨리고 있다는 것을 느꼈다.

며칠이 지나자 피나무에서도 연초록 잎이 살짝 돋아났고 참나무 잎은 제법 자라 있었다. 이파리들은 서로 자라면서 그렇게 조금씩 서로에게 다가서고 있었다. 그런데 서로에게 가까워질수록 가끔 두려움 같기도 하고, 조급함 같기도 한 알 수 없는 감정이 둘 사이에 일었다. 그럴 때면 서로 아무 말 없이 그저 하염없이 바라보곤 했다.

"내일은 당신의 잎과 내 잎이 만날 수 있을까요?"

"그럴 수 있을지도 모르지. 아니 그랬으면 좋겠다. 그 기분이 어떤 건지 꼭 한번 느껴보고 싶어."

하지만 다음 날도 그들은 서로 닿을 수가 없었다. 그리고 그 다음 날, 두 나무에서 나온 연초록 잎이 살랑거리며 부는 바람에 날리다가 살짝 스쳤다. 순간, 아주 짜릿한 기분에 피나무는 소스라치게 놀랐다. 그러고는 너무 기뻐서 자기도 모르게 눈물을 흘렸다.

"아아, 드디어 당신의 잎에 닿았어요. 아주 묘한 기분이었어요. 뭐라고 표현해야 할지 모르겠어요. 내가 아는 말로는 표현하기 어려울 만큼 너무 신비롭고 환회로운 그런 기분이었어요. 하지만 그게 끝이네요. 닿을 듯 말 듯 애만 타요. 그래도 너무 좋아요. 그런데 왠지 울고 싶어요. 이게 불길한 예감은 아니겠죠?"

"그럼, 그건 불길한 예감이 아니라 사랑하면 일어나는, 사랑이 깊은 만큼 더 강하게 일어나는 마음의 작용이야."

"마음의 작용?"

"응, 마음의 작용이야. 네가 나에게 다가오고 싶어서 더 열심히 뿌리를 이용해 물을 빨아들이고, 영양분을 흡수하려는 것도 마음의 작용이야. 마음이 시키는 일이지. 잎이나 가지, 뿌리는 마음이 시키는 대로 움직이는 거고. 그래서 마음을 어떻게 먹느냐가 중요한 거야."

"아, 그게 마음의 작용이라는 거군요."

봄을 함께 보내는 둘은 서로 몸과 몸이 만나게 될 날을 손꼽아 기다리며 웃어줄 수 있었다. 긴 잠에서 깨어나 이렇게 마주 볼 수 있다는 것만도 마냥 행복했다. 하지만 둘의 만남은 시간이 흘러가도 좀처럼 이루어지지 않았다. 서로 바라만 볼 뿐 만나지도 못하고 그렇게 시간이 흘러갈수록 그들은 지난해 또 그 지난해에 그랬던 것처럼 다시 조급해졌다.

바라볼 수 있으면서 더는 가까워질 수 없는 안타까움. 그 안타까움은 시간의 흐름에 따라 그리움으로 변했고, 그 그리움은 다시 또 시간의 흐름에 따라 아픔으로 변했다.

"아파요. 당신에게 다가갈 수 없어서 아파요. 가까이 다가가려는 마음이 아름다움이라고 당신은 말했지만 이건 아름다움이 아니에요. 아픔이란 말이에요. 차라리 당신에게 가까이 갈 생각이 없었다면 이런 아픔은 느끼지 않았을 텐데. 후회스러워요."

"……."

참나무가 말이 없자 피나무는 짜증 섞인 목소리로 투덜거렸다.

"뭐라고 말 좀 해봐요. 당신은 늘 세상 이치를 통달이라도 한 듯 말하더니 왜 내 말에는 대답이 없는 거예요?"

참나무는 철없는 피나무의 말에 어이가 없다는 듯 멍하니 하늘을 올려다보다가 갑자기 피나무에게 주의를 주며 무언가에 귀를 기울였다.

"쉿, 조용히 해봐!"

"오빠, 쉬었다 가자. 힘들어서 못 가겠어."

"조금만 참아. 조금만 더 가면 정상이야. 정상에 가서 쉬자고.

그렇게 너처럼 가다간 정상은 구경도 못해."

연인 사이로 보이는 남녀가 산을 올라오고 있었다. 남자는 서른쯤 되었을까 싶었고, 여자는 이십 대 중반쯤으로 보였다. 검은 챙이 원을 그리고 있는 모자에 빨간색 티, 검은색 바지를 입고 커다란 등산 가방을 멘 남자, 그 뒤로 십여 미터가량 뒤처져 따라오던 여자가 볼멘소리로 남자를 불러 세운 것이었다.

"빨리 따라와! 먼저 산에 가자고 한 게 누군데 그러고 있어?"

남자가 짜증 섞인 목소리로 여자를 돌아보며 소리쳤다.

"힘들다고, 힘들어. 그러니까 좀 쉬었다 가자고."

"빨리 와, 조금만 더 가면 된다니까."

"알았어. 그럼 오빠 혼자 갔다 와. 난 쉬고 있을 테니까."

초록색 티에 분홍색 모자, 보라색 바지로 멋을 낸 여자는 울먹이면서 저만치 올라오고 있었고, 남자는 여자가 그러거나 말거나 혼자 휑하니 참나무를 지나 올라가버렸다.

여자는 참나무가 있는 데까지 올라와서 무척 힘이 드는 듯 참나무 뿌리에 털썩 주저앉아 얼굴을 감싸고 흐느껴 울었다. 남자는 어느새 참나무의 시야에서도 사라지고 말았다.

"여자가 왜 울까요?"

"글쎄, 남자가 혼자 두고 가서가 아닐까?"

그로부터 이십 분은 족히 지나 남자가 씩씩거리며 다시 돌아 내려와서 여자를 흔들었지만 여자는 고개를 들지 않았다.

"왜 그래, 화났어?"

여자는 아까보다 더 서럽게 흐느꼈다. 남자는 여자를 달래주며 여자의 옆에 앉아서 어깨를 감싸려고 했지만 여자는 완강히 뿌리쳤다. 어느덧 건너편 산에는 산 그림자가 펼쳐지고 있었다.

"정말 화났구나, 미안해."

"미안할 거 없어. 오빠랑은 이제 끝이야."

고개를 든 여자의 얼굴은 온통 눈물로 범벅이 되어 있었다.

"오빠가 인간이야? 날 사랑한다는 사람이 내가 혼자 갔다 오란 다고 정말로 혼자 올라가?"

"응, 난 가라고 해서 간 거잖아."

"그렇다고 이 깊은 산속에 나 혼자 이렇게 오래 남겨둬?"

"그래야 이십 분, 그래 정확히 이십삼 분이다 뭐."

"됐어. 더 말하기도 싫어."

그때 남자가 여자의 어깨를 감싸고 여자의 입술에 강제로 자기의 입술을 가져다 대려고 했다.

"지금 뭐 하는 거야!"

여자가 갑자기 남자를 밀쳐내는 바람에 남자는 뒤로 벌렁 넘어졌다. 땅바닥에 엉덩방아를 찧은 남자는 참나무 뿌리를 손으로 짚고 일어나면서 욕을 했다.

"이게, 보자보자 하니까, 그래 내가 뭘 그렇게 잘못했는데?"

"됐어. 꺼져버려. 늘 이런 식이야. 미안하다면서 강제로 키스나 하려 들고, 지 욕심만 채우고, 내가 흥분하면 모든 게 다 풀어지는 줄 알지? 그래 오빠는 늘 이런 식이야. 그런 사람 난 필요 없어. 남의 기분 따위는 아랑곳 않고, 지 기분대로 사는 것들, 오빠도 그런 부류야. 능력? 그래 오빠 능력 있지. 하지만 그 능력이 나랑 무슨 상관인데? 난 이렇게 오빠 기분에 맞춰주며 살긴 싫어."

씩씩거리며 화를 내던 남자는 다시 여자의 손을 잡으려고 했다. 하지만 여자는 그의 손을 매몰차게 뿌리쳤다.

"미안하다고 그랬잖아. 그래서 이제 어쩔 건데? 앞으로 십삼일 후면 우리 결혼식이야. 도대체 뭘 어쩌자는 거야?"

"뭘 어쩌긴? 다 취소하자고. 오빤 오빠대로 살고, 난 나대로 살자니까. 이렇게 억지로 맞춰가며 살자고? 난 그렇게 못해. 어차피 이렇게 살다간 결혼해도 금방 헤어질 거 지금 깨는 게 차라리 나아. 내가 오빠를 몰라도 너무 몰랐어."

"그래? 그럼 네 맘대로 해. 이까짓 걸로 그렇게 따지고 들어? 따질 게 따로 있지. 맘대로 해봐. 나도 피곤해, 네 성격."

남자는 침을 '퉤' 뱉고는 산 아래로 성큼성큼 내려갔고, 여자는 그대로 다시 무릎에 얼굴을 묻고 한참을 울다가 산 그림자가 참나무 위까지 내려올 즈음에 맥없이 산을 내려갔다.

"왜 저러는 거예요?"

피나무의 물음에 참나무가 대답했다.

"저런 게 사랑싸움이라는 건데, 좀 심각한 것 같긴 해. 그런데 하필 내 앞에서 그런 싸움을 벌이다니."

"저 사람들은 이제 어떻게 될까요?"

"저러다가 다시 만나거나 영영 헤어지거나 하겠지. 새로운 상대와 익숙해질 용기가 없으면 옛 상대와 헤어지긴 어려워. 그래서 다시 만나는 거고. 그게 사람들이거든."

"남들 얘기 같지 않네요. 나도 당신한테 못되게 굴었잖아요.

당신이 늘 잘 참아주었지만……. 우린 어떻게 될까요?"

피나무가 걱정스러운 듯한 목소리로 물었다.

"사랑이 쉬운 건 아니야. 하지만 그렇게 어렵고 때론 아픈 것도 이겨낼 만한 기쁨이 있기 때문에 살아 있는 모든 것들은 사랑을 하는 거야. 왜 두렵니?"

참나무의 말에 피나무는 잠자코 있다가 대답했다.

"그래도 난 당신하고 사랑을 해보고 싶어요. 이젠 돌이킬 수도

없고요. 당신도 그랬으면 좋겠어요."

"그래. 사람들은 움직일 수가 있어. 그래서 그들의 사랑은 움직이는 거야. 하지만 우리는 움직일 수 없어. 그러니 사랑의 대상도 바꿀 수 없는 거고. 우리는 한 번 정하면 그걸로 끝이야. 변함은 없는 거지. 그게 다행이긴 해. 몸은 시간의 흐름에 따라 변하고, 마음은 상황에 따라 변하니까. 만약 사랑이 쉽게 이루어진다면 아무나 할 수 있는 거겠지. 나무들도 사랑을 시도하곤 해. 하지

만 몸과 몸이 만나서 사랑을 하는 경우는 거의 없어. 그만큼 우리가 사랑을 이루기 위해서는 인내가 필요하고, 오랜 기다림이 필요할 거야. 우리가 만들어가는 사랑이 비록 힘들긴 하겠지만 더 가치가 있는 이유이기도 하지. 그런데 그 사랑을 이루기가 참 쉽지가 않아. 서로 원해도 안 되는 경우도 많고, 외부의 방해가 있을 수도 있고."

"외부의 방해라고요?"

"그래. 사람들이 우리 사이를 억지로 떼어놓을 수도 있거든. 또는 바람이."

"아…… 아아!"

피나무는 있는 힘껏 소리를 질렀다. 그만큼 그는 답답했다. 그럴 만도 한 것이 이들은 지난겨울엔 봄이면 서로 만날 수 있을 거라고 잔뜩 기대했는데, 그게 역시나 물거품이 될 것 같았기 때문이다. 열심히 아주 열심히 서로를 향해 몸을 뻗어보려고 했지만 여전히 서로에게 미치지 못하고 있었다.

그래도 이만큼이나마 서로의 마음이 진전한 것은 다행한 일이었다. 문득 처음 만났을 때의 두근거리던 순간들이 피나무의 마음에 잔잔한 파문을 일으키며 떠올랐다. 벌써 꽤 많은 시간이 흘

렀지만 둘이 처음 만났을 때의 그 신선한 느낌이 마치 엊그제 일

처럼 생생하게 떠올랐다.

2

피나무와 참나무는 어느 이른 봄에 처음 만났다.

아지랑이가 아물거리고, 노란 나비가 노란 꽃을 찾아다니던 이른 봄 어느 날, 삼각산 줄기에 살고 있는 피나무는 문득 외로움을 느끼고 주변을 둘러보았다.

하지만 말을 걸 만한 친구는 없었다. 자기를 닮은 나무가 주위에 하나도 없었기 때문이다. 그리고 이상하게도 다른 나무들은 모두 위쪽을 향하고 있는데 자기만 약간 오른쪽으로 기울어져 있었다. 그런 자신의 모습이 부끄러웠지만 그래도 너무 외로운 나머지 피나무는 다시 한 번 주변을 둘러보았다.

그러다 피나무는 자기와 가장 가까운 곳에 비슷한 크기의 나무가 한 그루 서 있는 것을 보았다. 그런데 생김새가 너무 달랐다. 자기처럼 매끈하지도 않고 조금은 우락부락한 것이 냉정해 보이기까지 했다. 하지만 외로움에 지쳐 말을 하지 않고는 도저히 견딜 수 없었던 피나무는 용기를 내어 그 나무에게 말을 걸었다.

"저…… 저기, 이야기를 나누고 싶은데……."

"응? 그래, 마침 잘됐다. 나도 그러고 싶었는데. 난 참나무라고 해. 넌 누구니?"

"참나무? 응, 난 피나무야."

보기와는 다르게 참나무의 말씨는 부드러웠고 진실함이 느껴졌다. 용기를 얻은 피나무는 참나무에게 좀 더 말을 건넸다.

"참나무야, 넌 이름이 참 독특하구나. 왜 그렇게 부르는 거야?"

참나무는 별걸 다 묻는다는 생각에 물끄러미 피나무를 내려다보다가 고개를 갸웃했다. 자기도 이제껏 자기 이름이 왜 참나무인지 생각해본 적이 없었기 때문이다. 참나무는 피나무가 참 이상하다고, 엉뚱하다고 생각했다.

그러나 대수롭지 않게 대답했다.

"그야 뭐, 아, 그렇지. 사람들이 우리를 그렇게 불러서 그냥 참나무가 된 거야. 우리가 참나무가 된 건 겉은 얇지만 속이 단단

25

하게 차 있어서라고, 우리 엄마가 말해줬어."

그리고 되물었다.

"그런데 너는 왜 피나무라고 이름 지었는데?"

참나무의 질문에 피나무는 자신의 비밀을 들키기라도 한 듯 살짝 얼굴을 붉히며 잠시 망설이다 건성으로 대답했다.

"나야 뭐, 엄마가 그렇게 불렀으니까."

"그렇지? 우리 나무들은 스스로 이름을 갖지 못해. 우리 이름은 모두 사람들이 지어주는 거야. 우리가 어떻게 생겼는지 아니면 어떤 특징을 가졌는지로 이름을 짓는대. 그런데 피나무라는 이름은 처음 듣는다. 이 주변엔 너 말고 피나무가 없으니까. 피나무라……. 사람들은 우리가 수액을 필요로 하는 것처럼 피를 필요로 한 대. 우리가 뿌리로부터 끌어올린 수액이 닿지 않는 잎은 죽고 말듯이 사람도 피가 닿지 않는 부위는 죽고 만대. 그리고 우리가 입고 있는 옷을 피라고도 불러. 그러니까 네 이름은 네가 입은 옷과 관련이 있겠다. 피가 껍질이라는 의미라니까."

"으응, 그런데 넌 어떻게 아는 게 그렇게 많니?"

피나무를 호기심이 참 많은 나무라고 생각하면서 참나무는 보일 듯 말 듯 작은 미소를 지으며 대답했다.

"난 사람들을 많이 만나. 사람들은 항상 내 뿌리를 밟으며 지나가지. 가끔은 내 발치에 앉아서 쉬었다 가는 사람들도 있고. 나는 그들의 이야기를 듣거든. 그래서 다른 나무들보다 많은 걸 알 수 있는 거야. 이 자리가 나를 이렇게 만들어주었어. 다행일 수도 있지만 그만큼 괴롭기도 해. 뿌리가 많이 아플 때도 있고, 상처를 입기도 하거든."

참나무의 말을 들으며 피나무는 참나무에게 호감이 갔다. 자기가 모르는 걸 참나무는 많이 알고 있었기 때문이다.

"참나무야, 아프면 소리를 지르면 되잖아."

"후후, 이런 바보. 우리는 사람들의 이야기를 들을 수 있지만 그들은 우리가 하는 이야기를 듣지 못해. 그러니 우리가 소리를 질러봤자 아무 소용이 없지. 게다가 그들은 내가 잠든 사이에 상처를 많이 입혀놓는단다. 아이젠인가 뭔가 하는 것이 있대. 우리가 잠든 겨우내 그들이 그걸로 내 뿌리를 아프게 만들지만 잠들어 있어서 못 느끼고 있다가 깨고 나면 온통 쑤시고 아프거든. 그리고 또다시 그들이 밟을 때면 그 상처가 나를 아프게 하지만, 내가 아무리 소리를 질러도 그들은 들은 체도 안 하지. 내 소리를 듣지 못하니까. 간혹 듣는 사람이 있긴 한데, 시인이라고, 우리의 마음의 소리를 듣는대. 하지만 여기까지 올라오는 시인은 거의 없어. 그래서 우리 이야기를 시로 쓰는 시인은 만나기도 힘들어."

"그렇구나. 시인이 뭔데?"

"마음의 소리를 듣고, 우리를 느낄 줄 아는 사람이래. 그리고 그걸 글로 써서 표현한대. 사람들은 우리와 달리 글이라는 걸 쓰고 있거든."

"난 너랑 이야기를 나누는 게 참 좋다. 그래서 그런지 너랑 좀 더 친해지고 싶어."

참나무 역시 피나무가 좋아지기 시작했다. 이것저것 물어보는 피나무가 재미있었다. 이제까지 참나무에게 그런 질문을 하는 나무는 없었다. 자기가 알고 있는 이야기들을 누군가에게 들려 줄 수 있다는 것이 참나무는 무척 기뻤다.

"응, 나도 너랑 이야기를 나누니까 좋긴 해. 우리만의 이야기를 나눌 수 있는 게 신기하고 참 좋아. 나도 너의 이야기는 처음 듣는 이야기거든. 그러고 보면 나도 너무 말을 하지 않고 살아온 것 같아. 그래서인지 너랑 이야기를 하고 있으면 기분이 좋아져. 이런 기분 처음이야."

"그런데 왜 난 갑자기 너랑 더 친해지고 싶어진 걸까? 그리고 너에게 기대고 싶어지는 건 또 왜지?"

피나무의 말에 참나무는 "에헴." 헛기침을 하면서 점잖은 목소리로 말했다.

"응, 그건 너의 나이 탓도 있을 거야. 그 나이엔 그런 마음이 생겨. 그리고 지금은 봄이잖아. 봄에는 그런 생각이 더 들게 마련이거든."

"나이 탓이라고? 그리고 봄 때문이라는 건 뭐야······?"

"그런 게 있어. 봄이면 우리처럼 잠들어 있던 생명체들이 활동하기 시작하거든. 가지를 뻗고, 싹을 틔우고, 새싹을 만들어내지. 그런 작은 움직임들이 마음을 싱숭생숭하게 만들고 묘한 기분에 휩싸이게 해. 게다가 어느 정도 자라면 기운이 부쩍부쩍 솟는 느낌이 들 때가 있는데 네가 아마 그런 때일 거야. 그럴 때 봄바람은 살아 있는 마음들을 더 부추겨대지. 또 그럴 때는 자기와 다른 걸 보면 괜히 호기심이 생기기도 하는데, 아마도 네 주변엔 너를 닮은 나무가 없어서 나에게 관심을 갖는 걸 거고, 나도 너 같은 나무는 처음 보니까 관심이 생기는 거야."

"많이 힘들고 아팠는데, 너랑 이야기를 나누다 보니 이젠 괜찮아졌어. 엄마가 돌아가신 지 5년이야, 이젠 엄마의 흔적도 보이지 않아. 아무리 혼잣말로 엄마와 이야기를 해도 더 이상 실감도 안 나고, 느낄 수도 없는걸 뭐. 마음이란 간사한 것 같아. 처음엔 잠시도 엄마 생각을 안 하면 못 살 것 같았는데, 시간이 조금씩 엄마 생각을 빼앗아가나 봐. 그러면서 겁도 나. 이러다 엄마를 영영 기억에서 지워버릴까 봐. 참 좋은 엄마였는데."

참나무는 피나무를 측은한 눈빛으로 바라보며 말했다.

"그래, 세상의 모든 엄마는 다 좋은 거야. 그리고 모두들 그렇

게 살아. 그게 자연스러운 거고, 무언가를 잃으면 그 공허함을
다른 걸로 채우려고 애쓰면서 사는 거야. 다 채워지진 않겠지만
이젠 엄마 대신 내가 너의 이야기를 들어줄게. 나는 키는 너와 비
슷하지만 나이는 훨씬 많단다. 난 마흔세 살이나 되었어. 우리는
아주 조금씩만 자라거든. 너에 비해서 말이야."

"그렇게나 많아? 그런데 어떻게 친구가 된다는 거야? 난 키가
나보다 조금밖에 더 크지 않아서 나보다 한두 살쯤 많을 줄 알
았는데……. 난 스물두 살밖에 안 되었어요."

"응, 그게 너라는 나무와 나라는 나무가 다른 점이야. 난 네가

아주 어렸을 때부터 널 보아왔어. 그땐 너에게 그다지 관심은 없었지만. 그래서 네가 나보다 어리다는 거, 빨리 자란다는 걸 알아. 너와 나는 자라는 속도가 다르고 생김새가 달라. 그리고 친구란 세상을 얼마나 살았느냐가 중요한 게 아니야. 대화가 통하고, 위로가 되고, 서로에게 관심을 가지고 있으면 친구가 될 수 있어. 그런데 갑자기 왜 말을 높이니? 네가 존대를 하니까 좀 어색하다. 반말로 해도 돼."

"하지만 당신은 나와 다른 나문데 어떻게 친구가 된다는 거죠? 그리고 아무리 친구라지만, 전에는 나와 키가 별로 차이가 나지 않아서 또래인 줄 알았는데 당신 나이를 알고 보니, 나와 나이 차이가 너무 나서 그냥 높임말로 하는 게 좋을 거 같아서……."

"그래? 그럼 편하게 해. 그리고 너랑 나는 서로 다르니까 더 좋을 수도 있어. 서로가 전혀 모르는 이야기를 나눌 수도 있잖아? 너는 내 이야기를 신기해하고, 난 너의 이야기가 재미있으니까 더 좋은 친구가 될 수도 있지."

참나무는 피나무가 예의까지 갖추어 말하자 좋은 친구를 만난 것 같다는 생각에 기분이 좋아졌다. 그때부터 둘은 밤낮을 가리지 않고 이런저런 이야기를 나누면서 즐겁게 지냈다.

참나무는 사람들이 자주 다니는 등산로에 가까이 살고 있어서 사람들이 아무리 작게 속삭인 이야기도 다 들을 수 있었다. 그래서 참나무는 피나무가 듣지 못한 이야기들을 나름대로 재미있게 꾸며서 이야기해주곤 했다.

피나무는 등산로에서 좀 떨어진 안쪽에 뿌리를 내리고 있어서 참나무가 사람들의 이야기에 관심을 갖고 있는 동안 숲에서 일어나는 일들을 눈여겨보았다가 들려주곤 했다. 새들의 싱그러운 노랫소리, 숲속을 화사하게 물들이는 노란 개나리와 보랏빛 제비꽃, 바스락거리며 죽어가는 나뭇잎들의 이야기까지. 그의 입을 통해 전해지는 숲속 이야기들은 한 편의 시와 노래처럼 아름답게 각색되어 참나무를 행복하게 해주었다. 그래서 참나무도 그를 점점 더 좋아하게 되었다.

"여기서 지나가는 사람들을 보고 있으면 재미있어. 우리가 각자 다른 모양을 하고 있듯이 키가 큰 사람, 작은 사람, 뚱뚱한 사람, 마른 사람, 노인이나 어린아이들 등등. 땀을 뻘뻘 흘리며 올라오는 사람들의 모습이 제각각이야. 게다가 자주 오는 사람들도 있어서 그들이 지나갈 때는 나도 모르게 인사를 하게 된단다."

"우리 이야기를 들을 수 없다면서요?"

"응. 그래도 나도 모르게 반갑게 인사하게 돼. 이야기도 건네곤 하지. '지난번에 가다가 넘어져서 다친 곳은 괜찮나요?', '오랜만에 왔네요. 왜 요즘 뜸했어요?' 하고 말이야."

"재미있어요. 계속 해봐요."

"그중에 주말마다 이 산을 찾는 연인이 있어. 다른 사람들이랑 다르게 여자의 피부색이 까매서 처음 봤을 때부터 인상이 강하게 남더라고."

"까매요?"

"응. 햇볕에 타서 까만 게 아니라 진짜 시커매. 생긴 것도 다른 사람들이랑 좀 다르고 특이했어. 얼굴은 까맣고, 눈이 유난히 반짝이고, 이는 아주 하얗지. 손등은 검은데, 또 손바닥은 발그레하고."

"그래서요?"

"그런 사람을 흑인이라고 한대. 한번은 그들이 내 밑에 앉아 물을 마시면서 하는 이야길 들었는데 공항에서 만났다고 하더라고. 여자는 미국이라는 곳에서 살다가 한국에 유학 왔고, 그래서 한국말도 곧잘 하더라. 가끔 영어로 말하면 난 못 알아듣겠지만. 쏼라쏼라."

참나무가 영어를 흉내 내는 모습에 피나무는 깔깔대며 웃었다.

"정말 그런 말도 있어요?"

"그럼 있고말고. 바람도 계절에 따라 들려오는 바람의 말이 각기 다르고, 부는 방향에 따라 다르고, 성격에 따라서도 다르잖아? 바람의 말처럼 다양하진 않아도 서로 다른 말을 쓰는 사람들도 있나 봐. 성격이나 생김새를 보면 못된 바람도 있고 좋은 바람도 있듯이 사람도 바람의 종류만큼이나 성격도 생김새도 다양한 것 같더라고……."

"그건 그렇고요. 그런데 그 사람들 이야기는 갑자기 왜 꺼낸 건데요?"

"공항에서는, 여자가 미국 집에 다니러 갔다가 돌아오는 길이었는데 두 사람 짐이 바뀌어서 그게 인연이 되어 만났대. 그때 이야길 하면서 그 둘이 손을 잡고 운명이라는 둥 하더라고. 그 운명이라는 말이 생각나서."

"당신이 들려주는 이야기는 참 재미있어요. 사람들은 이야기를 많이 흘리고 다니네요."

피나무의 말에 참나무는 피식 웃으며 이렇게 말했다.

"넌 표현을 참 멋지게 하는구나. 사람들이 흘리고 간 이야기라니. 너야말로 진정한 시 나무야, 음유 시 나무. 너는 시처럼 이야기하고, 난 사람들의 이야기를 너에게 건네고. 우린 이렇게 서로 가까운 사이가 되어가는 것 같아."

"가까운 사이?"

피나무는 별로 특별하지도 않은 이 말에 가슴이 울렁거리면서 얼굴이 붉어졌다.

참나무는 다시 사람들이 흘리고 간 이야기들을 재구성해서 피나무에게 들려주었다. 그런데 참나무가 그렇게 한참을 이야기하고 있는데도 피나무는 아무 말이 없었다. 여태 혼자 떠들고 있었던 셈이다.

참나무는 괜한 쑥스러움으로 하늘을 올려다보았다. 하늘에서 반짝이는 별들이 그를 보고 웃어주고 있었다. 참나무는 아무 말 없이 가는 숨을 쉬고 있는 피나무가 귀엽다고, 사랑스럽다고 생각하면서 가만히 눈을 감았다.

피나무는 환상 속 세계를 여행하고 있었다. 그의 몸이 드디어 참나무의 몸에 닿는 환상이었다. 기분이 야릇해지면서 가슴이 두근거리고, 심장이 당장 멈출 것 같으면서 숨을 쉬기도 어려웠다. 이러다 죽는 게 아닐까 두렵기까지 했다.

그런데 이상한 일이 벌어졌다. 갑자기 몸이 하늘로 둥실둥실 떠오르는 것이었다. 뿌리까지 뽑혀서 하늘로 떠오르는데도 두렵다기보다는 무척이나 황홀하고 짜릿했다. 처음 느껴보는 그 기분이 뿌리 끝에서 잎사귀마다 전달되어 콧노래가 저절로 흘러나왔다. 피나무는 뭐라고 표현할 수 없는 행복한 기분에 젖어들었다.

그때 참나무가 불쑥 말했다.

"너도 나를 사랑하는구나."

그 말을 듣고 피나무가 "사랑? 그게 뭐지?" 하고 혼자 중얼거리듯 말하자 "응, 지금 네가 느끼는 게 사랑이라는 거야……" 하고 대답하는 참나무의 목소리가 어디선가 들려오는 아름다운 노랫소리에 묻혀 희미하게 멀어졌다.

"참 아름답구나. 태어나서 처음 들어보는 노래야."

피나무는 중얼거리다가 깜짝 놀라 눈을 떴다. 꿈이었을까. 마침 그의 가지에 앉은 새 한 마리가 노래를 부르고 있었다. 그는 새소리에 현실로 돌아온 것이었다.

"아, 깜박 잠이 들었나 봐요."

"그건 잠이 아니라 깊은 생각에 잠기는 걸 거야. 나무들은 겨울

에만 잠을 자거든. 물론 사랑에 빠지면 잠깐씩 잠이 들기도 한대."

"사랑, 사랑이라고요? 그게 뭘까?"

한층 가까워진 참나무가 그를 바라보며 빙긋이 웃었다. 피나무는 무슨 죄라도 지은 듯 부끄러워서 고개를 숙였다. 괜히 마음이 싱숭생숭하면서 파르르 떨렸다.

그때 참나무의 잎사귀 두 장이 그의 몸에 슬쩍 닿았다. 참나무도 피나무도 깜짝 놀랐다. 피나무는 가슴이 콩콩거리며 심장이 튀어나올 것 같아서 고개를 더욱 숙였고, 참나무는 홍조를 띤 피나무가 귀여워서 자신도 모르게 몸을 앞으로 약간 기울였다.

"저, 당신이 참 좋아요. 이런 기분은 처음이거든요."

피나무가 간신히 입을 열었다.

"그런데 이상해요. 언제부턴가 당신이 숨 쉬는 소리만 들어도 가슴이 먹먹해져요. 내 심장이 고장 난 건 아니겠죠? 그래서 멀어지려고 하는데 밤만 되면 나도 모르게 당신에게로 가까이 가고 있어요. 가슴이 떨려서 숨을 쉴 수가 없고 너무 아픈데도 말이에요."

"후후후, 네가 나를 사랑하고 있구나. 그건 아픈 게 아니라 사랑의 열병이라는 거야. 너무 좋아서 그러는 거니까 걱정 안 해도 돼. 오히려 더 가까이 오면 마음이 한결 편안해질 거야. 나도 네가 좋아. 그러니 더 가까이 와. 네가 그렇다니 이제부터는 나도 너에게 가까이 다가갈게. 너와 내가 이렇게 떨어져 있어서 너에게 두려움과 긴장이 생기는 거야. 그러니까 너도 더 가까이 다가오려고 애써봐."

"네, 그런데 아까부터 사랑, 사랑 하는데 사랑이 정말 뭔데요?"

"아, 그거? 글쎄. 좋은 건데, 무지 좋은 거. 그래 감당하기 어려울 만큼 좋아지는 걸 거야."

참나무는 사랑에 대해 뭐라고 딱 부러지게 설명하기가 힘들었다. 자기는 잘 알고 있을 거라고 생각했는데, 막상 말로 하려니 너무나 막연했다. 참나무는 속으로 사랑은 설명하기조차 힘든 것이구나, 하고 문득 느꼈다.

3

숲속에도 여름이 왔다. 뜨거운 여름날의 태양은 피나무와 참나무에게 사랑의 열정을 불러일으켜 주었고, 이들은 온힘을 쏟아 서로를 향해 가지를 뻗으며 서로에게 조금이라도 더 가까이 다가가려고 애썼다. 이들은 한시라도 더 빨리 서로가 몸을 맞대고, 서로의 어깨가 되고, 서로의 의지가 되어 살고 싶었다.

그러는 가운데 어느덧 여름이 가고 계절은 다시 가을로 접어들고 있었다. 밤이면 어디선가 들려오는 풀벌레 소리, 귀뚜라미 울음소리가 가을이 성큼 다가왔음을 말해주고 있었다.

"내가 전에 말했던 연인 기억나니?"

"누구요?"

"그 흑인 여자하고 사귄다던 남자 이야기했었잖아."

"아, 생각나요."

"응. 저기 올라오고 있다."

"그 사람 맞아요? 전에 이야기한 그 남자 말이죠? 흑인 여자도 왔어요?"

"응, 둘이야. 그 두 사람이 틀림없어. 가만히 들어봐. 여기에 오면 꼭 쉬었다 가곤 했으니까, 아마 오늘도 쉬었다 갈 거야."

"……."

피나무는 참나무의 말대로 숨을 죽이고 최대한 몸을 숙였다.

"쉬었다 가자."

남자가 말했다. 여자는 말없이 남자 옆에 앉아 고개를 들고 하늘을 올려다보았다. 하늘로 향한 여자의 눈빛이 무슨 안 좋은 일이라도 있는 듯 슬픔으로 가득 차 있다.

"이제 그만해."

"무슨 소리야? 곧 있음 정상인데."

"아니, 우리 사이 말이야."

"……."

"이제…… 그만하자."

"내가 괜찮다는데 왜 그래?"

"내가 안 괜찮아서 그래."

눈물을 참으며 내뱉는 여자의 어설픈 발음이 외국 사람임을 금방 알 수 있게 해주었다.

"당신 가족들이 당신 말리는 거 더 이상 보고 싶지 않아. 나도 당신 가족이 날 괴롭히는 거 더는 못 참겠어."

"난 괴롭지 않아. 조금만 참아 달라니까."

"내가 괴로워 안 되겠어. 당신 괴로워하는 거 보기도 너무 마음 아프고. 나 당신 싫어서 이러는 거 아닌 거 당신도 알잖아. 이제 그만하자."

여자는 무릎 사이로 얼굴을 파묻고 흐느꼈다. 남자는 여자의 어깨에 손을 올리고 그녀를 끌어당기면서 큰 한숨을 내쉰 뒤 참나무를 올려다보며 말했다.

"봐. 이 나무가 참나무라는 거야. 그리고 저 나무는 피나무야. 서로 다른 나무지. 서로 종은 다르지만 가까이 있기 때문에 두 나무는 사랑을 할 수도 있다고 생각해."

"상기 씨!"

여자가 주의를 환기시키듯 큰 소리로 남자를 불렀다.

"남자 이름이 상기 씨인가 봐요."

그들의 이야기를 듣고 있던 피나무가 참나무에게 작은 소리로 말했다.

"쉿!"

참나무가 호기심이 가득한 표정으로 피나무에게 조용히 하라는 신호를 보내고 그들의 대화에 더욱 귀를 기울였다.

"우리도 그래. 사랑엔 국경이 없다잖아."

"하지만 우리 사랑은 너무 아픈 사랑이야. 나나 당신뿐 아니라 당신의 가족까지도 아프게 만들잖아. 내가 뭔데? 내가 뭔데? 나 때문에 다른 사람들 아픈 거 나 못 참아. 이건 아닌 거 같아."

"다이애나, 그렇지 않아."

"아니. 사랑하면 행복해야 하는 거야. 그런데 우린 계속 아파. 이제 우리 그만하자."

"다이애나. 난 그렇게 생각하지 않아. 헤어져서 그 아픔이 끝난다면 그게 답이겠지. 하지만 이별로 오는 아픔은 어쩔 건데?"

"잊힐 거야. '시간이 약이라는 말' 한국에서 나 배웠어."

"……."

"상기 씨. 미안. 나 때문에 당신 아픈 거 나 못 참아. 당신 나 깊이 사랑하는 거 다 알아. 그거 고맙고. 하지만 우리 이대로 안 되는 거 나 잘 알아. 나 얼굴 까매. 흑인이고. 당신 엄마 나한테 그렇게 말했어. 나도 많이 아팠어. 나 마음 안 돌려. 그러니까 나 설득하려고 하지 마. 당신은 강한 사람이니까 견딜 수 있고, 나 잊을 수 있을 거야. 나도 당신 이제 잊을 거고. 더 이상 당신 나 찾으면 나 미국으로 가버릴 거야."

"어쨌든 다이애나 당신은 내 여자니까 다른 생각 말고 기다려. 부모님을 설득할 때까지 몇 년이 걸리든 결혼하지 않고 기다리겠다고……."

그렇게 말하면서 남자가 엉엉 소리를 내며 울었다. 그러자 여자가 남자를 안고 달래주는데 피나무와 참나무도 가슴이 찡해져서 함께 울었다.

"피부색이 다르면 서로 사랑할 수 없는 건가요?"

피나무가 참나무에게 조용히 묻자 "사람들에겐 우리가 모르는

47

뭔가가 있나 봐. 비슷한 색깔을 가진 사람끼리 사랑하는 게 정상인가 봐." 하고 참나무는 궁색하게 대답할 수밖에 없었다.

여자가 남자에게 다시 말했다.

"날 잊어. 나도 상기 씨 마음은 알지만 내가 이러고 있으면 상기 씨 부모님한테 죄를 짓는 거 같아. 그래서 더는 견딜 수 없어. 앞으로 날 찾지 마. 찾으려고 해도 찾을 수 없을 거야. 물론 나도 상황과는 관계없이 상기 씨 좋아해. 하지만 현실을 무시할 순 없어. 그러니 각자 갈 길 가자."

"……"

"그냥 우리 정상까지만 함께 가. 정상에 올라가서 함께 인수봉을 바라보며 이별하자. 우리 거기서 헤어져. 가장 사랑하고 가장 아름다울 때 헤어지자고. 그리고 각자 다른 길로 가는 거야. 거기서 상기 씨는 하루재로 내려가고, 난 다시 이 길로 해서 육모정으로 갈 거야."

그러고는 둘이 껴안고 흐느껴 울었다.

그 모습을 지켜보던 참나무가 혼잣말하듯 중얼거렸다.

"나도 마음이 너무 아프다. 내 마음이……. 사람들의 사랑은 저렇게 슬픈 건가?"

참나무의 말이 끝날 때쯤 여자가 먼저 자리에서 일어나 걷기 시작했다. 남자는 말없이 그 뒤를 따랐다. 참나무와 피나무는 그들의 모습이 시야에서 사라질 때까지 아무 말도 못하고 그저 바라보고만 있었다.

"어떻게 될까요?"

피나무가 조심스럽게 물었다. 참나무는 시선을 돌려 피나무를 바라보면서 자상한 미소를 보내주었다.

"세상에는 많은 사랑이 있지. 쉬운 사랑, 힘든 사랑, 아픈 사랑, 이룰 수 없는 사랑 등등. 하지만 사랑은 사랑해서 행복한 거야. 아픔마저 행복해야지. 저들이 그걸 알면 좋을 텐데."

그로부터 한참 후에 여자 혼자 다시 내려와서 참나무를 부둥켜안고 울다가 해질 무렵 쓸쓸하게 육모정 쪽으로 내려갔다. 참나무는 그 모습을 보며 슬픔을 견디지 못하고 눈물을 흘렸다.

한편, 영봉 쪽에서는 그 남자가 숨어서 여자가 내려가는 걸 지켜보고 있었다. 여자의 모습이 보이지 않을 때까지 깊은 슬픔에 잠긴 눈빛으로 지켜보다 힘없이 돌아서서 되돌아 올라가는 그. 시선을 돌렸다가 우연히 그 모습을 보게 된 피나무는 남자가 너무 안쓰러웠다.

"어떻게 될까요? 저 두 사람은 우리처럼 앞으로도 계속 사랑하게 되었으면 좋겠어요."

"사랑이 쉬운 건 아니야. 하지만 그 어렵고 때론 아픈 것도 참고 견딜 수 있을 만큼 사랑은 더 큰 행복을 주기 때문에 살아 있는 모든 것들은 사랑을 하는 거야."

참나무의 말에 피나무는 잠자코 있다가 대답했다.

"사람들이 사랑하는 모습을 보면 사랑이란 참 이루기 어려운 것 같아요. 그래도 난 당신하고 사랑을 해보고 싶어요. 이젠 돌이킬 수도 없고요. 당신도 그랬으면 좋겠어요."

"그래, 사람들은 움직일 수 있어. 그래서 그들의 사랑은 움직이는 거야. 하지만 우리는 움직일 수 없잖아. 그러니 사랑의 대상도 바꿀 수 없는 거고. 그게 다행이긴 해. 몸은 시간의 흐름에 따라 변하고, 마음은 상황에 따라 변하는 거니까."

그러나 그들의 바람과는 달리 그들은 더 이상 가까워지지 못하고 있었다. 더구나 잎사귀로나마 서로를 느낄 수 있었던 두 나무는 잎사귀들이 탄력을 잃고 촉감이 둔해진 가을이 되자 서로를 느낄 수조차 없었다. 전에는 몰랐는데 서로가 서로에게 닿으며 느꼈던 여름날의 그 짜릿한 감정이 둘은 너무 그리웠다.

"우리는 왜 이렇게 서로 그리워해야만 하죠? 왜 가을이 되자 우리가 가진 이파리들은 감각을 잃느냐고요. 가을이 와도 겨울이 와도 서로를 만질 수만 있다면 참 좋을 텐데 말이에요."

피나무의 말에 참나무는 빙긋이 웃으며 말했다.

"너의 그런 점이 난 무척 좋아. 넌 참 순수해. 그래서 나는 너를 좋아하나 봐. 비록 내가 너보다 스물한 살이나 많지만 그래도 너를 사랑할 수 있는 건 그런 마음 때문이지. 마음의 나이는 몸의 나이를 이길 수 있거든. 그리고 우리는 가을이면 어쩔 수 없이 잎사귀를 포기해야 하잖아. 그게 자연스러운 거고, 순리이니까."

"아무리 그렇다 해도 조물주가 미워요."

이내 눈발이 날리기 시작하는 겨울이 왔다. 피나무가 먼저 꾸벅꾸벅 졸기 시작했다. 피나무는 졸음을 억지로 참으면서 참나무를 바라보았다. 또렷이 보이던 참나무가 조금씩 희미해지기 시작했다. 피나무는 두려워서 다 죽어가는 소리로 참나무를 보며 겨우겨우 말했다.

"두려워요. 전엔 안 그랬는데, 이렇게 잠이 들었다가 다시는 당신을 보지 못할까 봐 무서워요……."

피나무는 차마 말을 끝맺지 못했다.

참나무가 피나무를 내려다보면서 말했다.

"걱정하지 마. 봄이 오면 우리는 다시 만날 수 있으니까. 우리는 그동안 잠을 잘 뿐이야. 그러니 편하게 자. 나는 우리가 다시 만날 봄을 생각하면 벌써부터 설레는걸."

"알았어요. 당신 거기에 꼭 그대로 있어야 해요?"

"응, 물론이고말고. 아무 걱정 하지 말고 좋은 꿈이나 꿔."

"네, 꿈속에서도 당신을 만났으면 좋겠어요. 꿈을 꾸는 내내."

그 말을 끝으로 피나무는 더 이상 말이 없었다. 참나무도 꾸벅 꾸벅 졸기 시작했다.

파랗던 하늘이 점점 내려오기 시작하면서 회색하늘로 변했다. 그리고 그 회색하늘에서 눈송이가 한 송이 두 송이 내리기 시작 하더니 이내 굵은 눈발로 바뀌었다.

참나무의 몸에 하얀 눈이 조금씩 붙기 시작했다. 구부러진 피 나무의 몸에도 한 겹 두 겹 눈이 쌓이고 있었다. 이미 깊은 잠에 빠져든 피나무는 가끔씩 몸을 흠칫거렸다. 악몽이 그의 달콤한 잠을 방해하고 있었기 때문이다. 악몽이란 다름 아닌 참나무가 전에 피나무의 엄마가 그랬던 것처럼 벼락에 맞아 넘어지는 꿈이 었다.

그러나 그러는 동안에도 눈은 세상을 하얗게 덮어가고 있었고, 참나무도 피나무도 깊은 잠에서 깨어날 줄을 몰랐다. 그렇게 겨 울은 따뜻한 봄을 기다리며 점점 깊어만 갔다.

4

"아얏!"

딱딱한 무언가에 심하게 가격당한 느낌이다. 깜짝 놀란 피나무
는 잠에서 깨어났다. 아픔이 느껴지는 옆구리의 표피가 벗겨져
하얀 속살이 드러나 있었다. 피나무는 표정을 일그러뜨린 채 아
픔을 참느라 애썼다. 지나가던 등산객이 던진 돌에 그의 옆구리
가 스치면서 벗겨진 것이었다.

'이게 뭐야, 너무 아파. 사람들 참 못됐다.'

피나무는 속으로 투덜거리면서 겨우 찌푸린 얼굴을 폈다.

주위를 둘러보니 표피가 벗겨져 드러난 하얀 속살과는 또 다
른 하얀색의 눈이 여전히 세상을 뒤덮고 있었다. 나무와 풀,

꽃…… 자기를 제외한 다른 모든 것들도 아직 잠에서 깨어나지 않은 채 들리는 소리라곤 바람이 가끔 하늘을 가르는 소리와 그 바람에 마른 나뭇가지들이 서로 부딪치는 소리뿐이었다.

'아직 잠에서 깰 때가 되지 않았나?'

지나가는 바람이 상처에 닿자 더 아리게 느껴졌다. 피나무는 고통을 잊으려고 억지로 눈을 감고 잠을 청해보았다. 그러나 바람 때문인지 통증 때문인지 좀처럼 잠을 이룰 수가 없었다. 너무 일찍 일어나 잠이 부족한지 눈꺼풀은 천근만근 무거웠지만, 눈꺼풀 속에 그려지는 세상은 현실보다 더 선명해서 피나무의 잠을 자꾸 방해했다.

그렇게 통증과 추위와 잡념에 시달리던 피나무가 겨우 잠이 든 것은 바람이 좀 더 싸늘해진 해질 무렵이었다. 그리고 다시 잠에서 깨어났을 때는 겨울이 어느새 저만치 물러가고 파릇파릇한 새 생명이 움트는 봄이 되어 있었다.

언제까지 하얀 세상을 만들어줄 것 같던 눈이 녹으면서 삼각산 영봉으로 오르는 등산로 주변은 거뭇거뭇 대지를 드러내놓고 있었다. 노란 생강나무 꽃이 여기저기 피어나면서 봄은 더욱 생동감을 더했고, 부지런한 씨앗들은 하나둘 기지개를 켜면서 귀여운 고개를 내밀었다.

피나무도 길게 기지개를 켰다. 이미 주변에 있는 나무들은 모두 깨어난 뒤였다.

"이제 일어났니?"

중저음의 잔잔하면서도 다정다감한 목소리로 참나무가 말했다.

"이런 어쩌다 늦잠을 잤나 보구나?"

참나무의 말에 피나무는 쑥스러웠다. 문득 자신만 늦잠을 잤다는 것을 깨달았다. 악몽 때문에 늦잠을 잔 것이라고 생각했다. 피나무는 가벼운 통증이 느껴지는 옆구리를 내려다보았다. 꿈속에서 돌에 맞은 부위가 하얀 속살을 드러내고 있었다. 그제야 피나무는 그게 꿈이 아니란 것을 알았다.

정신을 차린 피나무는 어렴풋하게 돌에 맞았을 때를 기억해냈고, 참나무와 함께한 지난날들을 떠올렸다. 행복한 추억이었다. 즐거운 나날이었다. 참나무가 가

르쳐준 사랑은 아프지만 아름다운 것이었고, 힘들지만 이겨내야 할 가치가 있는 것이었다. 지난가을, 그 사랑을 이루기 위해 피나무는 오랜 기다림의 시간으로 자신을 이끌었다. 그리고 지금 마침내 기다림의 추운 시간을 끝내고, 따뜻한 사랑의 시간을 맞이하고 있었다.

피나무는 그렇지 않아도 참나무가 사무치도록 그리웠는데, 바로 앞에서 참나무 가지가 한들거리는 모습을 보니 너무나 반가웠다. 마치 음악에 맞추어 춤을 추는 듯한 그 모습에 마음이 싱숭생숭해지면서 심장이 마구 뛰었다.

참나무는 편안한 표정으로 숨을 쉬고 있었다. 그 숨소리를 들으며 피나무는 자기 가슴에 파문이 일고 있음을 느꼈다. 마치 자신의 마음속에 호수가 있고, 그 호수 위에 던져진 작은 돌이 물수제비를 뜨며 자신의 가슴에 잔잔한 물결을 일으키는 것 같았다.

피나무는 문득 자신이 입은 상처를 생각해냈다. 아직 아물지 않아서 그대로 드러나 있는 상처를 참나무에겐 보여주고 싶지 않았다. 참나무에게 혹여 실망을 주지나 않을지 겁이 났던 것이다. 피나무는 자신의 약점을 잘 알고 있었다. 속이 너무 여리고 약해서 거센 바람만 불어도 쉽게 부러지기 때문에 그 약점을 감추려고 겉만 튼튼한 표피를 가지고 있다는 것을 말이다.

하지만 피나무는 그 사실을 참나무에게 말한 적이 없었다. 그것을 알고 나면 참나무가 자신에게서 돌아서지나 않을까 두려웠기 때문이다. 겉으로만 강해 보이면서 속은 약한 걸 보면 괜한 허풍이나 떠는 친구라고, 겉과 속이 너무 다른 나무와는 가까이 할 수 없다고, 참나무가 자기를 멀리할까 봐 겁이 났던 것이다.

다행히 상처를 입은 부분이 참나무와는 반대 방향에 있어서 그에게는 보이지 않았다. 하지만 참나무와의 사랑이 이루어져서 서로 하나가 된다면 자연스럽게 보이게 될 테니 어떻게든 그전에 아물기만을 바랐다.

'어쩌면 참나무는 내 매끈한 피부를 보고, 내 속까지도 아름다움으로 꽉 차 있다고 착각하고 있을지 몰라.'

그렇게 생각하니 문득 자신이 무척 약하다는 생각이 들었다. 겉으로만 단단해 보일 뿐 속살은 운동이라곤 한 번도 해보지 않은 것처럼 무르고 약한 자신. 그래서 쉽게 상처를 입고 쉽게 부러지기도 하는 자신.

그는 듬직해 보이는 참나무를 곁눈질했다. 그리고 엄마의 자장가처럼, 때로는 아름다운 바이올린 소리처럼 조용히 울려 퍼지는 그의 숨소리를 들었다. 그런데 그의 숨소리를 듣자 자기도 모르게 눈물이 났다. 눈물은 몸에서 송골송골 솟아나는 땀방울처럼 온몸에 방울방울 맺혀서 햇살을 받아 반짝였다.

'왜 이러는 거지? 왜 온몸에서 눈물이 솟는 걸까? 아니면 땀인가? 어쨌든 기분은 좋다. 마음이 붕 뜨는 것 같아. 아까는 숨 쉬기도 어렵더니, 왜 이렇게 된 걸까?'

피나무는 조금은 들뜬 마음으로 참나무를 조용히 불러보았다. 그렇게 한 번, 두 번…… 다섯 번을 불렀을 때 비로소 참나무가 대답했다. 피나무가 쑥스러움에 너무 작은 소리로 불러서 참나무가 듣지 못한 것이다.

참나무는 피나무가 자기를 부르자 기분이 무척 좋았다. 둘 사이의 거리는 지난가을과 별반 차이가 없었지만 왠지 모르게 피나무와는 더 가깝고 좋은 사이로 발전할 것 같은 느낌이 들었기 때문이다. 참나무는 항상 그 자리를 지켜주고 있는 피나무가 고마웠다. 그리고 아직 거리가 있어서 진정한 자신의 모습을 피나무가 모르는 게 다행이다 싶었다.

겉은 부드러워도 속은 단단한 참나무는 피나무가 자신을 겉모습처럼 부드럽다고만 생각할 것 같았기 때문이다. 언젠가는 서로가 진실을 알게 되겠지만 지금 당장은 밝히고 싶지 않았다. 지금은 오로지 피나무를 더 사랑하고 싶을 뿐이었다.

그만큼 참나무는 피나무가 좋았다. 왜 좋으냐고 물으면 딱히 뭐라고 말할 수는 없지만 자신에게 먼저 말을 걸어준 피나무가 고마웠고, 부드러운 선을 그리며 바람 따라 흔들리는 그의 이파리들이 사랑스러웠고, 친구가 되자며 다가온 그가 그냥 좋았다.

참나무는 다정한 눈빛으로 피나무를 바라보았다. 피나무는 부끄러워하며 애써 참나무의 시선을 외면했다.

"부끄럽니? 네가 나를 무척 좋아하나 보구나. 그게 사랑이란 건데 사랑이라는 감정이 생기면 그렇게 쑥스러운 거야."

"사랑……."

얼굴이 빨개진 피나무는 말을 잇지 못하다가 '사랑이란 이렇게 수줍음으로 붉어지는 현상을 말하나 보다.' 하고 생각하면서 막 잠에서 깼을 때 참나무를 보고 느꼈던 기분을 참나무에게 이야기해주었다.

"잠에서 막 깨어났을 때였어요. 당신의 움직임 하나하나에 어찌나 가슴이 뛰던지……. 당신의 숨소리가 들려오는데 기분이 묘했어요. 뭐라고 해야 할까? 이상하게 기분이 싱숭생숭해지고 가

숨이 막 뛰는 거예요. 당신의 숨소리, 당신의 모습. 그리고……
눈물도 흘렸어요. 온몸에서 마치 땀처럼……."

"응, 그랬구나. 그건 네가 날 좋아하기 때문이야. 사랑을 하면
기분이 묘해지고 긴장도 되면서 몸에서 물기가 흘러나온단다. 그
러니 걱정하지 않아도, 부끄러워하지 않아도 돼."

때마침 붉은색 털과 회색 털이 곱게 조화를 이룬 옷을 입은 콩
새 두 마리가 참나무에 날아와 앉더니 서로 부리를 맞부딪치며
즐겁게 지저귀었다. 그 모습을 보자 피나무는 그들이 무척 부러
웠다. 약간의 거리는 있었지만 기쁨으로 가득 찬 새들의 눈은 무
척 행복해 보였고, 청아한 지저귐은 세상의 모든 근심을 잊게 할
만큼 즐겁게 들려왔다.

"새들이 부러워요. 나도 당신과 저렇게 살을 부비고 싶어요. 어
떤 느낌인지 궁금해요. 저 새들이 무척 행복해 보여요. 나도 당신
이라면……."

"나도 그래. 그 어떤 말보다 서로가 서로의 몸을 직접 느껴보는
것. 아, 그 생각만 해도 온몸이 짜릿짜릿해."

피나무는 어른스러운 참나무에게 기대고 싶었다. 자기가 무슨
말을 하든 그 말을 받아 쉽게 풀어서 이야기해주는 참나무가 듬

직해 보였다. 하지만 그가 아무리 힘을 써도 참나무에게 다가가
는 것은 너무 어려웠다.

"난 당신을 잠깐이라도 스쳐보고 싶어요, 어떤 기분일지. 그런
데 가까이 갈 수가 없어요."

"응, 알아. 나도 네 마음을 알아. 나도 너를 살짝이라도 만져보
고 싶어. 하지만 기다려야 해. 무엇이든 때가 되어야 하는 거야.
물론 애를 쓰면 좀 더 그 시간을 앞당길 수는 있어."

"언제까지…… 기다려야 하는데요? 그리고 어떻게 애쓰면 되는데요?"

"이제 좀 있으면 너도 나도 잎을 내겠지. 그러면 만날 수 있을
거야. 그리고 좀 지나 여름이 오면 너는 나에게로 다가오고, 나는
너에게로 다가가게 되겠지. 그러면 너와 나의 몸은 서로 닿을 수
있을 거고. 그날을 앞당기려면 물론 너도 나도 지금보다 더 노력
해야 해."

"그러니까 어떻게요?"

"어느 해보다도 열심히 여기저기 뿌리를 뻗어 물과 영양분을
빨아들여서 빨리 자라는 거야. 또 너는 나를 향해, 나는 너를 향
해 서로가 방향이 일치되도록 해야 돼. 그게 사랑이란 거야. 네가
움직이는 방향과 내가 움직이는 방향이 잘 맞아떨어질 때 우리
는 온전한 사랑을 시작하게 된단다. 그리고 사랑은 서로 다른 두
개의 극이 서로를 끌어당기는 것과 같아. 나와 너는 전혀 다른
나무야. 다르니까 서로를 향해 다가서는 거, 그게 진정한 사랑이
야. 서로 밀어내지 않고 말이야."

"그러면 내가 당신 몸을 느낄 수 있는 거예요?"

"응……."

"아, 빨리 당신을 만져보고 싶어요. 당신을 느껴보고 싶어요.

당신의 그 매끈한 몸에 내 몸이 닿으면 어떤 느낌일까, 그 생각만 해도……."

"응, 그…… 그래. 물론 나도 그러고 싶어."

처음 들어보는 이 말들이 참나무의 마음을 흔들어놓았다. 제법 오랜 시간을 살아왔지만 참나무에게 이런 대화는 처음이었다. 참나무는 가슴이 먹먹해지는 기분이었다. 그리고 갑자기 울고 싶어졌다.

참나무는 더 이상 말을 잇지 못하고 눈물을 흘렸다. 그의 마음속에서 사랑의 샘물이 콸콸 쏟아져 나왔다. 참나무는 피나무 쪽으로 최대한 방향을 돌리고 가슴이 벅차오르는 것을 느끼며 생각했다.

'저렇게 순수하고 순진한 나무가 또 있을까. 아, 나에게 저렇게 아름다운 아이가 다가오다니. 난 참 행운아야.'

"내가 당신을 슬프게 했나요? 왜 울어요? 당신이 울고 있으니까 괜히 미안해지잖아요……."

피나무가 미안한 표정을 지으며 말하자 참나무는 "그게 아니라, 난 단지…… 그냥…… 너를 보니까……."라며 말을 잇지 못했다. 그리고 둘은 한동안 말이 없었다. 그저 서로를 마주보며 눈에 눈물만 가득 담을 뿐이었다.

다시 참나무가 말을 이었다.

"나, 나도 널 사랑하나 봐. 이렇게 네가 좋아서 눈물이 나는 걸 보니. 이건 절대 슬퍼서 흘리는 눈물이 아니야. 내 마음은 지금 너무나 행복하고 포근해. 정말로 널 사랑하나 봐."

"빨리 시간이 흘렀으면 좋겠어요. 당신과 어서 가까워지고 싶어요. 그날이 무척 기다려져요. 빨리 여름이 왔으면 좋겠어요. 당신의 몸과 내 몸이 만나면 어떤 기분일지 너무 궁금해요. 차가울 것도 같고, 뜨거울 것도 같고."

"그래, 나도 너랑 똑같아. 빨리 시간이……. 고맙다, 피나무야. 네가 나에게 이런 기쁨과 설렘을 가져다주는구나."

"고마운 건 나인 걸요. 난 당신이 정말 고마워요. 당신을 알고, 당신과 이야기를 나누면서 밤이 무섭지 않아졌어요. 겨울도 담담하게 맞이할 수 있었고요. 물론 악몽을 꾸기도 했지만 잠을 자면 행복한 꿈이 나를 찾아왔어요. 당신과 다시 함께할 봄을 꿈꾸고 여름을 꿈꾸고 아름다운 가을을 꿈꾸었어요. 당신이 있어서 세상이 참 아름답다는 생각이 들어요. 당신과 가까워질 생각을 하니 이제는 외롭지도 않아요."

"그러고 보니 너와 만나고 벌써 여러 번의 겨울이 지났구나. 이젠 너도 제법 성숙해진 것 같아. 너를 처음 만났을 때도 봄이었어. 그땐 네가 참 외로워 보였지. 얼굴엔 그늘이 있어 보였고……. 그런데 지금은 밝고 아름다워 보여. 그래서 나도 설레."

참나무의 말에 피나무도 맞장구쳤다.

"그래요, 당신 덕분이에요. 그땐 무척 힘들었어요. 주변에 아무도 없다는 생각, 위로받을 곳도, 친구도, 의지할 데도 없었어요. 그때 당신을 처음 봤어요. 당신이라면…… 그런 느낌……."

피나무는 말을 잇지 못하고 생각에 잠겼다. 엄마가 죽던 날이 문득 떠올랐다. 참나무를 다시 만나 무척 기분이 좋았는데 왜 갑자기 엄마 생각이 나서 마음을 착잡하게 하는지 불안했다. 뭔가 안 좋은 일이라도 생기려나 싶어 피나무는 마음이 무거웠다. 그리고 엄마를 떠올리니 슬픔이 몰려왔다. 하지만 참나무에게는 슬픈 모습을 보여주기 싫어서 억지로 미소를 지어 보였다.

5

피나무는 먼 하늘을 바라보며 참나무 몰래 한숨을 지었다. 그러고는 하늘을 향해 속으로 '엄마'를 몇 번이고 되뇌었다. 그러자 엄마가 죽던 그날이 생생하게 떠올랐다. 사랑을 느껴서 기분이 좋은 이날 하필이면 그날 일이 떠오른 이유를 알 수 없었다.

"엄마! 엄마……!"

피나무는 자기도 모르게 엄마를 부르고 있었다.

"우르르 꽝꽝, 우지끈, 와장창창!"

아주 가까이 내려온 회색하늘을 지그재그로 가르며 황금빛 길이 생기더니 엄청나게 큰 소리가 산 전체에 울려 퍼졌다. 이제

열 살밖에 안 된 피나무가 공포에 덜덜 떨면서 엄마를 부르며 울었다.

"엄마, 무서워, 무섭단 말이야. 하늘이 갈라져서 무너지면 어떡해? 무서워, 무서워요."

엄마 피나무도 무섭긴 마찬가지였지만 억지로 자세를 바로하고 아무렇지 않은 듯 아이 피나무에게 말했다.

"걱정하지 마. 내가 50년은 넘게 살아왔지만 하늘이 저렇게 갈라져도 무너져 내리는 건 본 적이 없단다."

"엄마."

"왜, 또?"

"엄마. 바람이 너무 세게 불어서 쓰러질 것 같아요. 무서워요."

"걱정하지 마. 그래서 이 엄마가 바람을 막아주고 있잖니."

겨우 낫자루 정도의 굵기밖에 안 된 아이 피나무는 바람 소리만 듣고도 벌벌 떨면서 엄마만 쳐다봤다. 엄마 피나무는 초가집 기둥만큼이나 굵었지만 거센 비바람에 버티지 못하고 금방이라도 쓰러질 듯 좌우로 크게 흔들렸다. 땅에 누울 듯 허리를 굽혔다가 일어나고, 활처럼 멋진 선을 그리며 휘었다가 다시 일어나기를 수없이 반복한다. 아이 피나무는 그러는 엄마의 모습이 생뚱

맞게도 멋있어 보였다.

"엄마, 참 멋있어요. 언제 그런 춤을 배웠어요?"

엄마 피나무는 철없는 아이 피나무의 말에 은근히 화가 났지만 그렇다고 화를 낼 수는 없었다. 엄마 피나무는 숨을 헐떡거리면서도 억지로 다정한 표정을 지어 보이며 아이 피나무에게 말했다.

"으응. 내가 멋있니? 바람이 세게 불 때는 이렇게 바람에 따라 흔들려야 살아남을 수 있는 거야. 바람을 거스를수록 쓰러지기

쉽거든. 바람은 고집이 세고 아무리 사정해도 멈추지 않는 집행자여서 거기에 순응하는 게 사는 방법이란다. ……너도 그걸 배워야 해. 바람은 다스리려 해서는 안 되고 바람의 흐름에 따라, 방향에 따라 적당히 움직여야 한다는 걸. ……그래서 엄마는 이렇게 쓰러지는 척하다가 일어서기를 반복하면서 혼자 삼십 년이나 살아왔단다. 운 좋게도 네 할머니는 내가 스물세 살 때까지 날 지켜주셨어. 내가 너를 이렇게 지켜주듯이 말이야. ……그런데 어느 날 사람들이 톱이란 걸 가져와서는 너의 할머니를 쓰러뜨렸어. 그러곤 할머니의 몸은 다 가져가고 나머지는 저기 쌓여 있었는데 이젠 흔적도 없구나."

엄마 피나무는 가쁜 숨에 저절로 끊기는 말을 간신히 이어가다가 마침 바람이 잠시 멎는 틈을 타 긴 한숨을 몰아쉬면서 허리를 쭉 펴고 숨을 돌렸다.

거세게 몰아치던 바람은 이내 잦아들었다. 그러나 비는 오히려 더욱 거세졌다. 날이 저물어 숲속에는 어둠이 짙게 깔렸다. 그야말로 칠흑 같은 밤이었다. 숲속에선 이제 세찬 빗소리만 들릴 뿐이었다. 빗물이 잎사귀를 타고 줄줄 흘러내렸다.

시커먼 하늘에선 다시 아까보다 더 선명한 황금 길이 나타났다. 이어서 다른 방향에서도 황금 길이 하늘을 가르며 이리저리 길을 내고 있었다. 그 길은 아주 빠르게 나타났다가 순식간에 사라졌다.

깜깜한 하늘을 순식간에 열었다가 사라지는 황금빛 길. 아이 피나무는 참 아름다운 광경이라고 생각했다. 그런데 그 길이 열리고 나면 어김없이 엄청나게 큰 소리가 천지를 뒤흔들었다.

찰나의 아름다움 뒤에 오는 무시무시한 공포. 하늘이 조각조각 깨어져 내리고, 세상이 모두 박살날 것 같은 공포에 아이 피나무는 잔뜩 겁을 먹고 엄마 쪽으로 최대한 몸을 기울였다. 그러나 엄마에게는 도저히 기댈 수가 없었다. 엄마 품이 몹시도 그리웠지만 그 품에 안기는 것은 여태 해본 적도 없을뿐더러 앞으로도 할 수 없을 것 같았다.

그때 이제껏 보았던 하늘보다 훨씬 낮게 내려앉은 하늘에서 방금 전까지의 황금 길과는 비교도 할 수 없을 만큼 더 밝고 환한 황금 길이 아주 빠른 속도로 자신이 있는 쪽으로 다가오는 느낌이 들었다.

순간적으로 아이 피나무는 자기도 모르게 눈을 질끈 감고 귀를 꽉 틀어막았다. 그런데도 엄청나게 큰 소리는 바로 옆에서 그의 귀에 파고들었고, 온몸을 뒤흔들었다. 우르르 쾅! 우지직, 지끈! 무언가 부러지는 듯한 소리를 뒤로 하고 아이 피나무는 정신을 잃었다.

얼마를 이러고 있었을까? 겨우 정신을 차린 아이 피나무는 여전히 자신의 온몸을 지배하고 있는 공포에 몸을 떨면서 간신히 고개를 들고 엄마를 쳐다보았다. 그런데 엄마의 모습이 평소와는 많이 달랐다. 엄마는 허리를 푹 꺾고 땅에 코를 박고 있었다. 허리에선 하얀 속살이 드러나 있었고, 날카로운 뼈 조각이 삐죽삐죽 튀어나와 있었다. 아이 피나무는 너무나 놀라서 엄마를 부르며 엉엉 울었다.

엄마 피나무는 그런 아이 피나무를 보며 힘겹게 목소리를 짜내 말했다.

"애야. ……이제 난 죽는단다. 이제 잠시 후면 너와 이야기를 나눌 수가 없어. 얼마간은 내가 살아 있는 것처럼 보일 테지. 하지만 앞으로는 말도 못하게 될 거야. ……이걸 죽음이라고 한단다. 이렇게 죽는 걸 사람들은 벼락에 맞았다고 해……. 조금 있으면 사람들이 와서 나를 치울 거야. 그러니 앞으로는 너 혼자 살아가야 한다."

"왜 엄마를 치우는데?"

"내가 넘어진 곳은 사람들이 다니는 길이란다. ……등산로."

"등산로라고요?"

"그래, 등산로. 아무리 거센 바람이 불어도 용케 다 견디며 살
았는데, 그만 벼락은 피하지 못했구나……!"

엄마 피나무는 더 이상 말을 잇지 못했다.

아이 피나무는 엄마를 목 놓아 불렀다. 그렇게 아이 피나무는
밤새도록 엄마를 부르며 울었다. 하지만 엄마 피나무는 더 이상

아무 말도 없었다. 간혹가다 간신히 내쉬는 숨소리가 들렸지만 어느새 그 소리마저 들리지 않게 되었다.

"엄마, 엄마, 엄마……."

태어나서 그토록 엄마를 간절히 불러본 적도 없을 것이다. 아이 피나무는 펑펑 울었다. 그의 몸을 타고 흘러내리는 눈물은 빗물과 섞여서 다시 자신의 뿌리로 스며들었다.

그렇게 무섭던 밤이 지나고 아침이 왔다. 하늘은 언제 그랬냐는 듯 파란 하늘로 바뀌어 있었고, 동쪽 하늘에선 유난히 빨갛고 둥근 해님이 떠오르고 있었다. 아이 피나무의 몸에 군데군데 맺힌 이슬은 햇빛과 어울려 아름답게 반짝거리고 있었다.

비가 그친 숲에선 나뭇가지 사이로 새어들어 오는 찬란한 햇빛이 아름다운 광경을 연출하고 있었고, 어디론가 숨었던 개똥지빠귀, 콩새, 딱따구리, 박새, 매미 등도 다시 돌아와 서로 목소리를 드높이며 숲속을 흥겹게 했다.

하지만 아이 피나무는 여전히 우울했다. 그가 아무리 있는 힘을 다해 불러도 엄마 피나무는 아무 대답이 없었다. 허리가 꺾이긴 했지만 분명히 살아 있는 것 같았는데 엄마는 그의 부름에 대답이 없었다.

아이 피나무가 그렇게 엄마를 부르며 울다 지치면 잠이 들고, 깨어나면 또다시 울며 엄마를 부르기를 반복하는 사이 어느새 일주일이 흘렀다. 엄마의 모습도 일주일 새 눈에 띄게 시들어 있었다.

몸을 덮고 있던 무성한 초록색 잎들은 뜨거운 여름 햇살을 견디지 못하고 또르르 말리기 시작했고, 탄력을 잃은 엄마의 몸뚱이는 여기저기 금이 가기 시작했다. 게다가 상처이긴 하지만 희고 아름답게 보였던 속살에 붉은 기운이 감돌기 시작하더니 끝에서부터 점점 검어지고 있었다.

아이 피나무는 이제 울지 않았다. 아니, 너무 울어서 눈물이 말라버렸는지 더 이상 흘릴 눈물이 없었다.

그리고 그 다음 날 그는 엄마의 마지막 모습을 보았다. "우웅." 하는 소리와 함께 엄마는 사람들의 손에 의해 토막토막 잘려서 어디론가 옮겨졌다. 그 후로 아이 피나무는 엄마의 보호 없이 바람이 불면 그 바람을 그냥 맞아야 했고, 비가 내리면 내리는 비를 홀로 감당해야 했다. 다른 나무들처럼 흙 속으로 파고들어 물을 빨아올리는 기술도 배우지 못한 채 혼자 모든 문제를 헤쳐 나가야 했다.

엄마가 비록 많은 걸 가르쳐주지 못하고 세상을 떠났지만 피나무는 한 가지만은 확실하게 배웠다. 엄마처럼 벼락에 맞아 죽지 않으려면 고개를 숙이고 옆으로만 자라려고 노력해야 한다는 것을. 그 덕분인지 피나무는 그 후로 옆에 있는 참나무 쪽으로 점점 다가가고 있었다. 아주 조금씩이지만 분명히 참나무와 가까워지고 있었다.

"무슨 생각을 그렇게 골똘하게 하고 있니?"

"아, 엄마!"

피나무는 자기도 모르게 소리 내어 엄마를 불렀다. 그리고 그제야 자신이 엄마 생각에 잠겨 있었다는 걸 알았다.

피나무는 무심코 상처가 난 곳을 내려다보았다. 상처는 이미 불그스레한 색으로 변해 있었다. 그 모양을 보자 엄마의 마지막 모습이 떠올라 가슴이 아렸다. 앞으로 검어질 그 상처가 엄마의 꺾인 허리와 겹쳐져 더 아프게 다가왔다.

6

"왜 아무 말이 없는 거니? 내가 뭐 잘못한 거라도…… 엄마를 부르는 것 같더니."

피나무가 엄마를 부르고 나서 한참이 지나도록 아무 말이 없자 더 이상 궁금증을 참지 못한 참나무가 물었다.

"당신을 만나 행복해지면서 너무 오래 엄마를 잊고 살았던 것 같아요. 그런데 갑자기 엄마 생각이 나서 엄마가 죽던 날이랑, 당신을 만나 오늘까지 지내온 일들이 떠올라서요. 엄마가 갑자기 떠오른 이유를, 그리고…… 엄마에게 미안한 이유를 잘 모르겠어요."

피나무의 말에 참나무는 고개를 끄덕이며 이렇게 말했다.

"네가 행복하니까 엄마에게 미안한 마음이 든 거야. 그러고 보니 우리가 만난 지도 꽤 오래되었구나. 그동안 많이 가까워지기도 했고. 욕심이란 끝이 없는 것 같다. 처음엔 네가 조금만 더 가까이 와서 작은 소리로 이야기를 나눌 수만 있어도 좋겠다고 생각했는데, 그 다음엔 서로 잎이라도 스칠 수 있으면 좋겠다고 생각했고······. 그런데 막상 이렇게 가까워지고 나니 이제는 서로가 하나로 합쳐져 있으면 좋겠다는 생각이 드니 말이야."

이제 둘은 서로 잎이 얽힐 만큼 가까워져 있었다. 그 덕에 아쉽긴 해도 그런대로 마음껏 사랑을 나눌 수 있었다.

서로의 잎을 섞고 있으니 자연의 변화에 따라 만들어지는 노래가 하나같이 무척 아름답게 들렸다. 바람이 불면 바람의 가벼운 노래가 싱그러웠고, 비가 내리면 비의 잔잔한 노래가 마음을 편안하게 해주었고, 한여름 뙤약볕 아래의 무더위가 부르는 노래는 열정의 노래가 되어 둘의 만남을 축복해주는 것 같았다.

세상은, 하늘의 별들은, 숲속의 새들과 꽃들은 모두 그들을 위해 만들어진 것 같았고 둘은 이 세상 전체는 아니라도 이 숲속의 주인공이 된 듯 하루하루가 더할 나위 없이 행복했다.

그러나 그러다가도 문득 겨우 잎으로만 만나는 자신들의 모습을 생각하면 조물주가 야속하고 가을로 치닫는 시간이 야속했다. 바라는 것들이 이루어질 때마다 욕심은 더 커져서 이제는 몸과 몸이 맞닿는 기쁨을 하루라도 더 빨리 느껴보고 싶었다. 시간이 흐를수록 조금씩 다가가는 것이 내일이면 서로 몸이 닿을 듯도 했지만, 막상 내일이 되어도 완전히 닿지 않아서 슬플 뿐이었다.

"아무래도 우리는 인연이 아닌가 봐요. 이젠 만날 때가 된 것도 같은데, 이제 얼마 후면 다시 성장을 멈추어야 하는데, 올해도 못 만나면 우린 인연이 아닌 거예요. 혹시 당신한테 문제가 있는 거 아닌가요? 당신이 나에게 가까이 오는 걸 싫어하는 건 아니냐고요? 나와 가까이 할 마음이 전혀 없는데, 괜히 친구니 어쩌니 하면서 나를 놀린 거죠? 봐요. 나는 당신을 향해 열심히, 아니 열정적으로 온힘을 다해 다가가고 있는데 당신은 늘 그 자리에 있잖아요. 내 말이 맞죠?"

피나무는 속이 상했다. 옆으로 자라기가 참나무보다 훨씬 어려운 그였지만 나름대로 무진 애를 쓰면서 가까이 다가가고 있는데 참나무는 제자리에만 있는 것 같아서 서운하고 미워지기까지 했다.

그날부터 둘 사이에는 어딘가 서먹한 분위기가 감도는 것 같았다. 피나무는 참나무에게 말을 걸려고 하지 않았고, 참나무도 그런 피나무를 보면서 별 반응을 보이지 않았다. 하지만 그러면서도 피나무는 자신의 진심을 보여주기 위해 참나무 쪽으로 몸을 뻗으려고 무척 애를 썼다. 그대로 물러서기엔 너무 억울했기 때문이다.

그렇게 많은 날을 하루도 빼놓지 않고 참나무 쪽으로 몸을 뻗으려고 애썼는데, 때로는 허리가 뻐근하고 온몸이 아파서 울기도 많이 했는데⋯⋯. 하지만 참나무는 그 자리에 그대로 서서 여전히 아무 말이 없었다.

짙푸른 여름, 무더위가 기승을 부리던 날 드디어 피나무의 몸과 참나무의 몸이 스치듯 만났다. 하지만 그것도 잠시뿐, 바람이 조금이라도 불면 둘은 다시 너무나 쉽게 떨어지곤 했다. 고작 스치는 정도에 약간의 바람에도 쉽게 떨어져버렸지만 피나무는 그것만으로도 기뻤다. 너무나 기뻐서 감동의 눈물까지 흘렸다.

"아, 미안해요. 당신이 말을 안 하고 있으니까 무서워요. 그래도 난 멈출 수가 없었어요. 여기까지 왔는데 당신은 야속하게 한마디 말도 안 하고⋯⋯."

한 음절 한 음절 소리를 낼 때마다 들려오는 피나무의 울음 섞

인 가냘픈 목소리에 가슴이 먹먹해진 참나무가 드디어 말했다.

"내가 미안해. 정말 내가 잘못했어. 내가 이렇게 멈추어 있는데
도 너는 떠나지 않고 나를 향해 오고 있었구나. 미안해. 용서해
달란 말도 못하겠다. 그리고, 그리고……."

"……."

피나무는 참나무가 무슨 말을 할지 두려워서 아무 말도 할 수
없었다. 드디어 참나무가 간신히 말을 이었다.

"고…… 고마워. 실은 나는 이제 더 이상 너에게 가까이 갈 수가 없어. 난 이제 아래쪽으로는 내려갈 수 없어. 내 일부가 부러지거나 휘어지지 않는 한 내려갈 수 있는 건 여기까지야. 나이 탓이야. 아무리 마음이 굴뚝같아도 몸이 세월을 이길 수가 없구나. 미안해. 모든 짐을 너에게만 지게 한 것 같아서."

참나무가 소리 내어 울었다. 그 모습을 보고 피나무도 괜히 슬퍼져서 눈물이 났다. 그렇게 훌쩍이면서 참나무가 한 말을 되새겨보았다. 가고 싶어도 갈 수 없다는 말, 몸이 말을 듣지 않아 생각과는 달리 꼼짝도 할 수 없었다는 말.

'그런 거였구나. 마음은 그렇지 않은데 몸이 움직이지 않아서 올 수 없었구나. 마음은 무엇이든 이길 수 있다더니, 몸이 마음을 지배하는 경우도 있구나.'

그렇게 생각하면서 피나무는 그런 것도 모르고 참나무를 원망하며 투덜거렸던 자신이 부끄러웠다. 또 너무나 경솔했던 자신의 행동이 후회스러웠다.

그래도 아직 기회는 있었다. 참나무가 움직이지 못한다면 자기가 가면 된다. 힘들고 더디겠지만 사랑을 이루기 위해서라면 그 정도쯤은 충분히 견뎌낼 수 있었다. 피나무는 자기가 좀 더 노력

해서 참나무 곁으로 더 다가가자고 속으로 다짐하고 또 다짐했다.

그러나 시간은 또다시 그들을 외면했다. 아무리 애를 써도 여름이 다 가도록 그들은 가벼운 피부 접촉만이 가능할 뿐이었다. 그리고 시간이 흘러 산들바람이 불어오자 서로를 비벼대던 잎들이 하나둘 떨어지기 시작했고, 가벼운 접촉일지라도 서로를 느낄 수 있을 만큼은 닿아 있던 몸도 추위를 피해 수축되면서 조금씩 멀어져갔다. 그런 모든 현상이 너무 야속했지만 세상은 더 이상 그들을 위해 있지 않았다.

"이젠 당신을 만질 수 없는 건가요? 간신히 만져보는가 싶었는데……. 우린 도대체 언제쯤 확실히 만날 수 있을까요? 당신과 언제 한 몸이 되어서 살 수 있을까요? 난 당신이 되고 싶었어요. 나의 모든 걸 버리고 당신이 되고 싶었다고요. 그런데 이젠 만날 수도 없잖아요. 뭐라고 말 좀 해봐요."

"알아, 안다고. 그래 나에게 문제가 있어. 나는 벌써 몸이 굳어지기 시작했어. 그걸 모르고 있었어. 나는 지금 제자리를 지키는 것만도 버거워. 네가 가까이 오기만을 기다린 나의 잘못이야. 미안해. 너를 아프게 해서. 내년에는…… 만날 수 있을 거야. 하지만 이젠 너의 몫이야. 나도 간절히 너를 받아들이고 싶어. 너의 일부가 되고 싶지만 내가 할 수 있는 일이 없잖아. 그래서 미안해."

"자꾸 미안, 미안. 그런 소리 이제 그만해요. 알았어요, 알았다고요. 내가 한다고요. 내년엔 내가 한다고요. 당신은 그 자리에 꼼짝 말고 있기만 해요. 그럼 돼요. 여기까지 온 게 억울해서라도 그만두지 않을 거예요. 그러니 당신은 그 자리라도 꼭 지키고 있어요. 내가 당신을 안을 거라고요. 그러니 미안하단 말 하지 말란 말이에요. 바보같이. 당신은…… 만일 내년에 우리가 몸과 몸으로 만날 수 있게 되면 이렇게만 말해줘요. 고마워, 라고……"

피나무가 참나무에게 절규하듯 말하자 참나무는 마땅히 할 말을 찾지 못하고 "고마워."라고 겨우 말했다.

"한 번만, 잠들기 전에 딱 한 번만이라도 당신을 만져보고 싶어요. 제발 어떻게 좀 해봐요. 이대로 우리가 영영 멀어지는 건 아니겠죠?"

"응, 물론이지. 사람들은 한번 틈이 벌어지면 점점 더 멀어지는 게 보통이지만 우리는 조금 떨어졌다고 해서 영영 멀어지는 건 아니야. 그런 걸 보면 자유롭게 돌아다니는 것만이 좋은 것도 아닌 것 같아. 우리처럼 자기 자리를 굳게 지키고 있으면 언젠가 또 만날 날이 올 테니까."

참나무는 그렇게 말하면서 피나무 쪽으로 몸을 숙이려고 애썼지만 소용이 없었다. 굳을 대로 굳어버린 몸이 전혀 말을 듣지 않았다. 바람이 불어와서 가지 끝으로라도 피나무를 위로해줄 수 있게 해준다면 더 바랄 것이 없을 텐데.

참나무는 속으로 간절히 기도를 올렸다. 그런데 그의 기도를 들었는지 마침 산 아래에서 제법 센 바람이 불어오기 시작했다. 참나무는 속으로 쾌재를 불렀다. 피나무도 감기는 눈을 억지로 뜨고 한껏 기대에 부풀었다.

마침내 피나무 쪽에서 참나무 쪽으로 바람이 불었다. 피나무는 바람에 의지해 참나무 쪽으로 몸을 일으켰지만 참나무 또한 바람에 밀려 위쪽으로 몸이 휘어지는 바람에 둘의 사이는 전혀 좁혀지지 않았다. 그렇게 몇 차례, 둘은 같은 방향으로 휘었다 돌아오기를 반복하면서 만날 듯 만나지 못하고 있었다. 잔뜩 애가 단 피나무가 왈칵 울음을 터뜨렸다. 그가 서럽게 우는 동안 참나무는 바람에 흔들리면서 그를 물끄러미 바라볼 뿐이었다.

한동안 거칠게 불던 바람은 시간이 흐르자 조금씩 잦아들기 시작했다. 그 틈을 타 둘의 몸이 슬쩍 스쳤지만 울다 지쳐서 그대로 잠이 들어버린 피나무는 아무 반응이 없었다. 그렇게 큰 기대를 하고 있었는데, 원하는 바가 이루어졌는데도 그것조차 모르고 지쳐 쓰러졌으니…….

참나무는 혼잣말로 자신을 원망했다.

"그러는 게 아니었어. 내 잘못이야. 내가 할 수 있는 일이라곤 아무것도 없으면서 그에게 괜한 기대만 주었던 거야. 그래도 이대로 우리 사이가 끝나 버린다면 피나무는 평생 슬픔을 안은 채 살아가겠지? 내년엔 나를 깎아내는 아픔이 온다 해도 그를 위해 뭔가를 해야겠어. 내 허리가 부러진다 해도……. 사랑은 나를 희생해서라도 얻을 만한 가치가 있는 것이니까."

참나무는 말없이 피나무에게 최대한 가까이 다가가려고 애쓰며 '이젠 내가 너의 보호자가 되어줄게. 너의 사랑이 되어줄게.' 하고 속으로 되뇌었다. 그러면서 자기도 모르게 스르르 잠이 들었다.

그 어느 해보다도 많은 눈과 매서운 추위가 찾아온 겨울이었다. 찬바람 소리와 적막만이 교차되며 모두가 얼어 죽을 것 같은 겨울 속으로 온 산이 빨려 들어가고 있었다.

7

참나무가 긴 잠에서 깨어난 후에도 피나무는 여전히 잠의 세계에 빠져 있었다.

참나무는 길게 기지개를 켜면서 가지들을 있는 힘껏 사방으로 쭉 뻗었다. 그런데 이게 웬일인가. 자신의 몸이 마침내 피나무와 하나가 되어 있는 것이 아닌가. 겨우내 움츠리고만 있을 줄 알았는데 언제 이렇게 붙은 거지? 참나무는 의아했다. 그러나 그게 무슨 상관이랴. 어쨌든 하나가 되었으면 된 것을.

참나무는 생각지도 못한 큰 기쁨에 환호성을 지르려다가 혹시나 곤히 자고 있는 피나무를 깨울까 봐 참기로 했다. 아무것도 모르고 깨야 피나무도 자기가 느낀 기쁨만큼 큰 기쁨을 느낄 테니까. 아니, 어쩌면 자기보다 더 큰 행복을 느낄지도 모르는데 괜히 먼저 깨워서 그 행복을 방해할 이유가 없었기 때문이다.

참나무는 흥분된 마음을 가라앉히고 만면에 행복한 미소를 가득 머금은 채 시선이 닿는 곳을 한번 쭉 둘러보았다. 잠을 자기 전과 마찬가지로 사람들은 여전히 그의 옆을 지나다니고 있었다. 오늘도 많은 사람들이 산을 찾았구나, 생각하면서 느긋한 마음으로 사람들을 내려다보던 참나무는 다른 등산객들과는 조금 다른 복장을 하고 산을 오르고 있는 두 사람에게 시선이 고정되었다.

빨간색 모자에 회색 점퍼 차림으로 통일한 그들은 딱 보기에도 사람들이 말하는 공무원 같았다. 그런데 두 사람 중에서 날렵하게 생긴 사람은 붓을 들고 있었고, 조금 뚱뚱한 편인 다른 한 사람은 페인트 통을 들고 있었다.

'저걸로 뭘 하려는 걸까?'

문득 의문이 생긴 참나무는 그들의 행동을 유심히 살폈다. 그들은 등산로를 따라 올라오면서 길가에 있는 나무들 중 유난히 앞으로 튀어나와 있는 나무들에 하얀 페인트칠을 하는 것이었다. 다시 참나무는 궁금증이 일었지만 사람과는 말을 나눌 수 없으니 어떻게 물어볼 수도 없었다. 마침 지나가던 아이가 그들에게 물었다.

"아저씨, 여기엔 왜 하얀색을 칠하는 거예요?"

붓을 든 사람이 아이의 머리를 쓰다듬어주면서 말했다.

"응, 등산로가 좁아 다니기 힘들다는 민원이 들어와서 등산로를 넓히려는 거야. 가령 여기 이렇게 하얀 페인트를 칠한 나무는 베어낸다는 거지. 그러면 너처럼 착한 아이들이 등산하기에 좋겠지?"

"아, 그렇구나. 고마운 아저씨들이네. 아저씨들 파이팅!"

예닐곱 살이나 될까, 위에는 빨간색 등산복에 아래는 청색 바지를 입은 남자 아이가 씩씩하게 말하고 나서 아버지로 보이는 어른을 따라 산을 내려가는 모습을 보며 참나무는 빙그레 미소를 지었다.

'참 기특한 녀석이네, 아빠를 따라 산엘 다 오고……'

하지만 그것도 잠시, 참나무는 온몸에 소름이 돋는 것을 느꼈다. 그제야 그는 등산로라는 단어를 떠올린 것이다.

'등산로를 넓힌다는 건……'

참나무는 그 생각을 하자 온몸이 덜덜 떨리기 시작했다. 참나무 자신이 바로 등산로에 붙어 서 있었기 때문이다. 만약 그들이 올라오면서 자기 몸에 하얀 페인트칠을 해놓는다면 자신은 꼼짝 없이 사람들의 손에 의해 잘리는 운명이 될 것이다.

그들은 점점 다가오고 있었다. 올라오면서 그들은 길에 붙어선 나무들엔 빼놓지 않고 페인트칠을 하고 있었다. 그들이 가까워지면 가까워질수록 참나무는 점점 더 공포가 심해졌다. 죽느냐 사느냐가 오로지 그들의 손에 달려 있었다.

저벅, 저벅. 한 발짝, 한 발짝 다가오는 그들의 발소리가 참나무

에겐 그 어떤 소리보다 크게 들렸다. 참나무는 숨죽인 채 그들의 페인트 통과 붓을 주시하고 있었다. 마침내 그들이 참나무 앞에 멈춰 섰다. 날렵하게 생긴 사람이 붓을 페인트 통에 담갔다 빼고, 이어서 아래쪽에 느껴지는 얼음보다 차가운 느낌. 마치 사형언도를 받는 것 같았다.

참나무는 순간 머릿속이 하얘지면서 아무 생각이 나지 않았다. 공포조차 느끼지 못했다. 그저 멍한 기분이었다. 한 번, 두 번, 세 번. 그의 허리 아래를 빙 둘러 닿는 붓의 서늘한 느낌. 그저 붓이 닿는 것일 뿐인데도 흡사 꽁꽁 언 도끼날에 찍히는 것 같았다.

"아, 아함! 잘 잤다."

그때 피나무가 긴 겨울잠에서 깨어났다. 그는 잠에서 깨자마자 참나무와 하나가 된 사실을 알고 너무 기뻐서 참나무에게로 바로 시선을 돌렸다. 그런데 어쩐 일인지 참나무는 아무 반응이 없었다. 지난해 봄엔 그토록 생색을 내며 반겨주던 참나무가 지금은 반갑다는 인사는커녕 아는 척도 하지 않는 것이 무척 속이 상했지만, 한편으론 자신이 너무 늦잠을 자서 참나무가 토라진 것이라는 생각도 들었다. 그래서 피나무는 조금은 두렵고 떨리는 마음으로 참나무를 불러보았다.

"당신, 나 때문에 화난 건가요? 미안해요. 당신보다 올해는 꼭 먼저 깨어나려고 했는데, 올해도 역시 당신이 먼저 일어났네요. 정말 미안해요."

그제야 정신을 차린 참나무는 물끄러미 피나무를 내려다보았다.

"응, 아니 그런 건 아니야. 너에게 화난 게 아니야. 먼저 깨어나고 안 깨어나고는 우리 의지로 할 수 있는 일이 아니야. 우리 각자가 처한 환경에 지배를 받는 거지. 우리가 아무리 애써도 마음먹은 대로 할 수 없고, 우리가 선택할 수도 없지만 그 결과를 감당해야만 하는 게 있어. 그게 운명이란 거야. 그런 것처럼, 운명이란 게 있어. 실은……."

참나무는 자신이 곧 죽게 될 것이라는 사실을 말하려다가 꾹 참았다. 언젠가는 알게 되겠지만 지금은 자신의 죽음을 숨기는 게 낫겠다고 판단했다. 오랜만에 잠에서 깨어나 겨우 얘기를 나눌 수 있게 되었는데, 그토록 바라던 몸과 몸의 만남도 마침내 이루어졌는데…….

물론 아주 잠깐의 만남이겠지만 그동안의 행복만이라도 피나무가 마음껏 누릴 수 있도록 참나무는 배려해주고 싶었다. 슬픔

93

은 자기 혼자만 느껴도 충분하니까. 이별은 자기 혼자 준비해도 어긋남 없이 찾아올 테니까.

"왜 그래요? 당신 지금 울어요? 몸을 떨고 있잖아요?"

"아니야, 봄바람에 흔들리는 거야."

목이 메어서 나오지 않는 목소리를 참나무는 억지로 쥐어짜내 며 말했다.

"당신 목소리도 젖어 있는 걸 모를 줄 알아요? 왜 울어요? 뭔 가 할 말이 있는 것 같은데 뭐예요? 무슨 일이 있는 거죠?"

"아니야, 그냥 봄이 되니까 몸이 나른해서 그래. 그리고 잠깐 다른 생각을 하느라 네가 깨어난 걸 몰랐을 뿐이야. 미안해."

"……"

"그래, 잘 잤니?"

비록 짧은 말이었지만 참나무는 그 어느 때보다도 다정한 목소 리로 또박또박 피나무에게 물었다.

"네, 아주 푹 잤어요. 그러니까 늦잠을 잤죠. 아아! 그런데 너 무 행복해요. 잠을 자는 동안에 이렇게 당신과 내 몸이 연결되어 있을 줄이야. 깨자마자 얼마나 깜짝 놀랐는데요. 당신과 하나가 된 느낌이 이렇게 좋은 줄 몰랐어요. 설마 이게 꿈은 아니겠죠?"

"꿈이라니? 분명히 꿈은 아니니까 안심해도 돼."

"그런데 우리가 어떻게 이렇게 만날 수 있었던 거죠? 우린 자느라고 아무 일도 못하고 있었잖아요?"

"응, 아마도 우리가 잠든 사이에 바람이 우리를 만나게 해준 것 같아. 고집스럽고 전혀 말을 듣지 않는 바람이지만…… 그것이 우리의 사랑에도 이렇게 도움을 주는구나."

참나무의 대답에 피나무는 다시 한 번 주위를 둘러보며 현실로 이루어진 꿈을 확인했다.

'그 많던 좌절과 절망이 결코 헛된 것이 아니었구나. 이렇게 단단히 붙어버렸으니 이제는 떨어지려야 떨어질 수 없겠지? 아, 너무 좋다. 너무 행복하다.'

피나무는 너무나 행복해서 하늘을 날아갈 것 같았다. 앞으로는 어떠한 고통이 찾아와도 다 이겨낼 수 있을 것 같았다. 엄마를 잃고 혼자 쓸쓸히 지새우던 밤들, 의지할 데 없이 홀로 비바람을 이겨내던 나날들. 그 모든 것들이 까마득한 옛날 일처럼 여겨지며 이제는 든든한 참나무와 하나가 되었으니 세상 그 무엇도 무서울 게 없을 것 같았다.

"미안해요. 내가 그동안 너무 불평을 많이 했죠? 우리 사랑은 이루어질 수 없을 줄 알았어요. 우리처럼 전혀 다른 나무가 몸을 맞대고 하나가 되어 살아가는 경우는 거의 없었으니까요."

피나무는 행복에 겨운 얼굴로 참나무의 품에 파고들며 말했다. 그런 그를 보면서 참나무도 행복으로 가득 차는 가슴을 느꼈지만, 한편에선 찢어질 듯 아파오는 슬픔도 느꼈다. 자신이 곧 죽게 될 것이라는 사실을 어떻게 말해야 할지 도무지 알 수가 없었다. 그냥 이대로 아무 말도 않고 있다가 갑자기 떠나 버리는 건 어떨까? 그랬다가 아무 준비도 못한 채 자신을 떠나보낸 피나무가 따라 죽기라도 하면……. 생각만 해도 몸서리가 쳐졌다. 생각만으로도 슬픔이 깊어졌다. 내키진 않지만 어쨌든 말은 해야 할 것 같았다.

"이제 좀 쉬었다 하세."

"저 위가 영봉이라지요? 인수봉에 오르다 죽은 사람들의 기념비가 많이 세워져서 그렇다네요. 지금은 다 철거돼서 없지만."

"그러게 말일세, 죽을 줄 알면서 그 험한 델 왜 오르나 몰라."

"무슨 소리죠? 거기 사람들이 있나요?"

페인트칠을 하는 사람들이 참나무의 그늘 아래에 앉으며 주고받는 말에 피나무가 물었다.

"응."

그렇게 말하고 참나무는 더 이상 말을 잇지 못했다. 말없이 그냥 피나무를 꼭 안았다. 아무것도 모르는 피나무는 참나무의 품에 안겨 마냥 행복해하고 있었다. 뭐가 그리도 좋은지 콧노래까지 흥얼거린다. 피나무가 그렇게 행복해하면 행복해할수록 참나무의 가슴은 더 찢어질 듯 아팠다.

참나무는 결국 마음을 고쳐먹었다. 일단 마지막 순간까지 혼자만 알고 있기로 결심한 것이다. 그러곤 아무렇지 않은 척하면서 피나무를 다정하게 자신의 잎으로 간질이며 쓰다듬어주었다.

"아빠, 여기 좀 봐. 참나무하고 피나무가 붙어 있어."

"그렇구나. 어떻게 그걸 봤니?"

"응, 아저씨들이 여기에 하얗게 그림을 그려놓았잖아요. 삐딱한 동그라미 같기도 하고 하트 모양 같기도 하고……."

한참 전에 지나간 아이와 아빠였다. 페인트칠을 하던 남자들도 그제야 고개를 들고 나무 위를 올려다보았다.

"아저씨, 이 그림이 사랑나무란 표시인가요?"

"응, 그게, 그런……."

아이의 물음에 두 남자는 당황하며 말끝을 흐렸다. 사랑나무란 표현이 너무 뜻밖이었던 것이다. 아이는 아저씨들에게서 만족스런 답을 듣지 못하자 머리를 긁적이며 가던 길을 재촉했다. 페인트칠을 하던 남자들도 자리에서 일어나 정상 쪽으로 다시 걸음을 옮기며 다른 나무들에게도 하나둘 사형선고를 내리고 있었다.

비가 내리는 날에도 바람이 부는 날에도 해가 쨍쨍 내리쬐는 날에도 둘은 함께 있어서 무척 행복했다. 온 세상이 마치 둘을 위해 창조된 것 같다며 서로를 칭송하고 서로를 고마워하며 그렇게 그들이 만난 다섯 번째 여름을 보내고 있었다.

그러던 어느 날 밤이었다. 번개가 하늘을 쩍쩍 가르고 천둥이 무섭게 천지를 뒤흔들면서 세찬 비가 쏟아지기 시작했다. 참나무와 피나무는 날씨가 가져온 공포에 벌벌 떨면서 서로 몸을 최대한 밀착시켰다. 하늘에선 마치 황금빛 길이 만들어졌다 사라지는 것처럼 번개가 끊임없이 이어졌고, 번개가 치고 나면 또 어김없이 산을 무너뜨릴 듯한 기세로 천둥소리가 따라왔다.

참나무는 피나무가 몸을 들썩거리면서 울고 있는 것을 느꼈다.

"무서워하지 마. 곧 잠잠해질 거야. 이런 날을 한두 번 겪은 것도 아니잖아. 새삼스럽게 왜 그렇게 쉽게 우니? 바보처럼."

"무서워서 이러는 게 아니에요. 갑자기 엄마 생각이 나서 그래요. 벌써 까마득한 옛날 일이지만 엄마, 엄마가 보고 싶어서요. 이런 날이었어요. 엄마가 벼락에 맞은 날이요. 그렇다고 우리가 벼락에 맞을까 봐 두려운 것도 아니에요. 그냥 슬퍼요. 그동안 난 엄마를 잊고 살았어요. 당신에게 가까이 가야겠다는 생각에 잊고 있었던 것 같아요. 미안해요. 울지 않으려고 했는데."

피나무는 그때를 생각하며 살을 에는 듯한 아픔을 느꼈다. 그날도 오늘처럼 거센 비바람이 불었고, 캄캄한 하늘에선 번개가 여기저기 쩍쩍 갈라졌고, 천둥이 산 전체를 들었다 놓을 만큼 크게 울렸다. 물론 피나무는 그때 천둥이 뭔지, 번개가 뭔지 이름조차 몰랐다. 오늘 밤은 그날과 너무 유사했다. 그래서 그는 엄마 생각에 목이 메며 그날의 모습들이 생생하게 떠올랐던 것이다.

"가끔 엄마 생각마저 잊고 사는 게 엄마한테는 미안하기도 하지만……. 울 엄마, 울 엄마는 비가 세차게 퍼붓고 하늘이 갈라지던 날, 그만……."

피나무는 엄마의 허리가 꺾이던 순간이 생각나서 울음을 참지 못하고 어깨를 들썩이며 울었다.

"네가 우니까 나도 울고 싶어져. 언제는 너무 행복해서 엄마 생각이 난다고 하더니, 오늘은 비가 많이 오니까 엄마 생각이 난다니. 이젠 잊을 때도 되지 않았니? 그러니 그만 울어."

그렇게 말하면서 참나무도 눈물을 흘렸다. 그 눈물이 피나무가 내민 가녀린 팔 위에 떨어졌다. 흠칫 놀란 피나무는 울음을 멈추고 자신의 팔을 들여다보았다. 자신의 땀과는 다른, 자신의 눈물과는 뭔가 다른 진하고 뜨끈한 물방울이 자신의 팔에 방울방울 구르고 있었다. 그것을 보면서 피나무는 알 수 없는 기쁨이 자신의 마음속 깊은 곳에서부터 솟아나는 것을 느꼈다.

밤새 거칠게 몰아치던 비바람은 날이 밝은 뒤에도 그 기세를 꺾을 줄 몰랐다. 피나무와 참나무는 서로의 몸을 더욱 꼭 부둥켜안고 서로에게 의지한 채 비바람을 이겨내려고 애썼다. 비바람이 얼마나 거칠었으면 홀로 그 비바람에 대항하던 나무들은 뿌리째 뽑혀 여기저기 쓰러질 정도였다.

그렇게 꼬박 사흘 동안 무서운 비바람과 번개와 천둥이 온 산을 공포의 도가니로 몰아넣더니 나흘째 되는 날에야 겨우 날이

개고 밝은 태양이 떠올랐다. 비바람이 휩쓸고 간 숲속은 쓰러진 풀과 나무, 파인 바닥 등으로 한바탕 폭풍이 휘몰아친 전쟁터 같았다.

비바람에 피해를 입은 건 다른 나무들만이 아니었다. 피나무와 참나무도 표피가 벗겨져서 진물이 흐르고 있었다. 그러나 다행히도 둘에게 아픔은 그리 크지 않았다. 오히려 둘은 이 정도 아픔은 당연히 사랑을 이루기 위해서 치러야만 하는 통과의례쯤으로 생각했다. 그 아픔을 느끼기보다는 서로 몸을 맞대고 서로의 일부가 되어 있다는 것이, 그 무서운 비바람을 함께 이겨냈다는 것이 더 기쁘고 대견했다. 그리고 그 아픔으로 서로를 보다 깊이 알게 되었다.

"저어, 이런 말 해도 화내지 않을 거죠?"

피나무가 먼저 말했다.

"무슨 말인데? 잘 알면서, 우린 이미 한 몸인데 무슨 화를 내겠어?"

참나무의 말에 용기를 얻은 피나무는 다시 말을 이었다.

"실은 당신은 속도 부드러운 줄 알았어요. 당신 말은 언제나 따뜻하고 부드러워서…… 그런데 당신 속은 단단하고 차가웠어요.

그래서 조금 무섭기도 해요. 그렇다고 화내는 건 아니죠?"

"화를 내긴. 실은 나도 진작 이야기하려고 했는데, 이야길 못했어. 네가 겁을 먹고 나에게 다가오기를 꺼릴까 봐. 내 잘못인데 어떻게 화를 내겠니? 그런데 나도 너의 비밀을 한 가지 알았어. 너의 겉은 단단한데 속은 아니더구나. 그렇게 무를 거라고는 생각도 못했어. 힘이라곤 전혀 없는 것 같아."

"당신도 눈치 챘군요? 미안해요. 나도 당신처럼 당신이 날 떠날까 봐 얘기 못했어요. 그렇지 않아도 살기 힘든 세상에 내가 약해빠져서 짐이 될 거란 생각을 하고 당신이 외면할까 봐 두려웠어요. 그리고 요 옆에 보이죠? 지금은 오므라들어 있는 상처요. 누군가 던진 돌에 맞아서 속살이 드러났던 자리인데, 당신에게 연약한 내 속살을 보이는 게 싫어서 일부러 숨겼어요. 그땐 당신과 떨어져 있어서 당신은 볼 수 없었을 거예요."

"응, 그랬구나. 아프겠다."

"아니요, 이미 아픈 때는 지났지요. 상처는 아물면 흔적만 남을 뿐 아프지 않잖아요. 그저 난 약한 모습을 당신에게 보이기 싫었을 뿐이에요."

"그래, 우리가 어떤 의도로 가까워지고 만나게 되었든 이미 지난 일이야. 이제 우리는 과거의 서로를 사랑하는 게 아니라 현재의 너와 나를, 미래의 너와 나를 사랑하면 되는 거야. 그리고 난 드디어 오늘 깨달았어. 사랑이란 단점까지도 서로 감싸고 보완해 주는 관계여야 한다는 걸."

그들이 기쁜 마음으로 대화를 주고받는 동안 그들을 적시고 있던 빗물도 다 말라버렸다. 그러자 서로 맞닿아 있는 지점이 아파오기 시작했다. 비에 젖고 바람에 시달리며 서로의 몸속으로 더 깊이 파고들었기 때문이리라. 하지만 그것도 견딜 만했다. 둘이 함께한다는 기쁨이 그들에겐 더 컸으니까.

8

다시 뜨거운 여름이 왔다. 이제는 서로가 맞닿아 있는 부분에 파인 상처도 아물어 아픔은 점차 수그러들었다. 둘은 서로 행복한 미소를 지으며 더욱 힘차게 껴안았다.

"내가 당신 안으로 들어갈 수 있다는 게 신기해요."

"그래. 사랑이란 이렇게 서로 자신을 조금씩 깎고 상대의 속으로 들어가는 거야. 과정은 아프지만 나중엔 그 아픔마저 상쇄하고도 남을 이런 기쁨이 찾아오니까 사랑은 아름다운 거야. 우리도 그런 사랑을 배워가는 중이고."

피나무와 참나무는 서로의 가슴으로 파고들면서 하나 되는 기쁨을 만끽했다. 그들이 사랑을 나누고 있을 즈음, 산속에는 기계음이 짜증스럽게 하루 종일 울려댔다. 폭우로 여기저기 쓰러진 나무들을 사람들이 잘라내 치우고 있었다. 쓰러진 동료 나무들은 톱에 잘리면서 참을 수 없는 고통에 신음하다가 마지막 비명과 함께 숨을 거두었다. 그 모습들을 보고 있자니 둘은 더 이상 즐거워할 수가 없었다.

그 일이 있고 얼마 후 이번에는 비를 동반하지 않은 마른바람이 심하게 불어댔다. 처음엔 대수롭지 않게 생각했는데 바람이 불어오자 둘 사이의 연결된 부분에서 삐걱거리는 소리와 함께 고통이 느껴졌다. 겨우 아물었던 상처가 바람에 뒤틀려 벗겨진 것이었다. 그 고통은 표피가 두꺼운 피나무가 더 심했다.

"아파요. 너무 아파요. 당신과 비벼질 때마다 아파서 견딜 수가 없어요. 어떻게 움직이지 않을 수 없나요? 어떻게 좀 해봐요."

피나무의 비명 소리에 참나무는 어쩔 줄 몰라 했다. 참나무도 아팠지만 억지로 참고 있었다. 둘이 만나면서 맞닿은 곳의 껍질이 까지기 시작했다. 둘 모두 바람이 불 때마다 아팠지만, 피나무의 비명소리가 안타까운 참나무는 할 수만 있다면 대신 아프고 싶었다.

"나도 아파. 하지만 네가 아파하니까 더 아픈 것 같아. 차라리

네 아픔까지 나 혼자 떠안고 아팠으면 좋겠어. 하지만 그럴 수 없잖아. 그러니 좀 참아보렴. 사랑은 이렇게 아플 때도 있는 거야. 나도 이제야 알게 되었지만……. 사랑한다는 건 어차피 어느 정도 아픔이 동반되게 마련이야. 그걸 나도 너도 각오하고 시작했어야 했어. 내가 신이라면 부는 바람을 못 불게 하겠지. 하지만 내가 어떻게 말려. 저놈들은 항상 제멋대로인걸. 차라리 너의 아픔까지도 내게 달라고 나는 기도하고 있어. 그러니 조금만 참자. 이젠 피할 수도 없잖아."

참나무는 일부러 태연하게 말했지만 속으로는 가슴이 아팠다. 피나무는 도저히 아픔을 참을 수가 없어서 계속 울부짖었다. 참나무는 그 소리를 듣는 것이 너무도 괴로웠다. 할 수만 있다면 멀리 떨어져주고 싶었다. 하지만 떨어질 수가 없었다. 둘은 이미 서로의 속살을 파고든 채 몸과 몸으로 하나가 되어 있었기 때문이다.

그런데 피나무의 고통이 생각보다 심한 것 같았다. 참나무는 어느 정도 아픔을 참을 수 있을 것 같았는데, 한 몸이 되어 같은 바람을 맞고 있는 피나무는 도저히 못 참겠다는 듯 세상이 떠나가라 울부짖는 것이었다.

참나무는 둘이 맞닿아 있는 부분을 가만히 살폈다. 그곳을 보니 피나무의 표피가 자기보다 더 두꺼워서 벗겨진 부위가 많았고, 속살은 그에 비해 여려서 더 깊이 파여 있었다.

'역시 그랬구나. 그래서 피나무가 저렇게 더 아파하는구나.'

그제야 참나무는 같이 사랑을 하면서도, 같이 몸을 맞대고 있으면서도 서로가 당하는 아픔이 다르고, 서로가 느끼는 아픔의 농도가 다르다는 것을 알았다. 하지만 그로서도 어쩔 도리가 없어서 그저 피나무를 꼭 끌어안고 같이 울어줄 뿐이었다.

"아, 너무 아파, 아프단 말이야. 사랑이 이렇게 아픈 거예요?"

참나무도 자기와 함께 울어주고 있는 것을 느끼면서 피나무는 어떻게든 고통을 참아보려 했지만 더는 견디지 못하고 참나무에게 물었다.

"모르겠어. 나도 아파. 나도 아프다고. 사랑이 이렇게 아픈 거라면 사랑 따위는 아예 시작조차 하지 않았을 거야. 그냥 저 나무들처럼 하늘을 향해 뻗어갔으면 됐는데……."

"……."

"우리도 그들처럼 별 수 없나 봐."

"누구요?"

"그때 우리가 함께 보았잖아. 까만 여자와 젊은 남자 말이야. 그들은 결국 국경을 넘어서지 못했나 봐. 그 이후로 그 여자는 여기에 온 적이 없어. 물론 그 남자는 가끔 여기 와서 그녀가 나를 안고 울었던 것처럼 나를 안아보고 가곤 해. 그들이 그토록 사랑하면서도 인종이 달라 그 사랑을 이루지 못했듯이 우리도 사랑해선 안 되는 거였어. 그 남자만 보면 얼마나 마음이 아프던지. 그런데 지금 너와 내가 그런 상황이 되다니……."

인내심이 강한 참나무조차 결국 한계에 도달한 듯 후회의 빛이 역력했다. 실제로 참나무는 사랑이 이렇게 아프고 힘든 것이라면 차라리 깨끗이 끝내고 싶었다. 멀리 떨어져서 더 이상 아픔을 주지도, 아픔을 받지도 않고 싶었다.

바람은 여전히 불고 있었고, 바람이 불기 시작한 지 불과 몇 시간밖에 지나지 않았지만 이들에겐 이 시간이 천 년보다 더 길게 느껴졌다.

"어떻게 좀 해봐요. 제발 우리가 이제는 좀 떨어질 수 있게 해 달란 말이에요."

"나도 정말 그러고 싶어. 하지만 우리가 너무 멀리 와버린 것 같아. 너는 내 안으로, 나는 네 안으로, 이렇게 우린 너무 서로에게 깊이 들어와 버렸어. 우리 둘 중 하나는 죽어야 떨어질 수 있을 거야. 이젠 어쩔 수 없어. 아파도 함께 살아야 하고, 힘들어도 함께 견뎌야 해. 이게 사랑이야. 사랑엔 그만큼 아픔이 따르고, 서로에게 책임이 따르는 거야. 이젠 서로가 원해도 떨어질 수 없을 만큼 우리는 서로의 일부가 되어버렸어. 보라고, 나의 일부인 껍질이 사라졌고, 너의 일부를 이루고 있던 껍질도 깎여 나갔잖아. 서로가 이렇게 조금씩 깎였으니, 너와 내가 속살로 만날 수 있는 거야. 사랑은 피상적으로 만나기보다는 서로의 일부를 포기하고 나서야 진정으로 만날 수 있는 거라고. 그래서 더 이상 떨어질 수도 없게 되는 거지. 만일 떨어진다고 생각해봐. 너도 나도 잃어버린 껍질을 복원하지 못하고 평생 속살을 드러낸 채 살게 될 거야. 그렇게 다시는 떨어질 수 없는 운명, 이게 진정한 사랑인지는 나도 모르겠어."

참나무는 깊이 한숨을 내쉬고 다시 말을 이었다.

"너무 아픈 사랑은 사랑이 아니라면, 이건 분명히 사랑이 아닐 거야. 하지만 사랑이 아니라면 운명이겠지. 피할 수 없으니 말이야. 아, 나도 아파. 나도 울고 싶어. 실컷 울어서 네가 아프지 않을 수 있다면 너를 위해 울어주고 싶어. 아니면 내가 웃어서 너의 아픔을 조금이라도 덜어줄 수 있다면 난 억지로라도 웃어주고 싶어. 그런데 그럴 수가 없어. 너를 위해 내가 할 수 있는 일이란 게 아무것도 없어."

"……"

참나무는 말없이 고개를 숙이고 있는 피나무를 바라보다 다정하게 감싸주며 말했다.

"아파도 피할 수 없으니 차라리 그 아픔까지 즐겨보자. 우리 아픔을 누구에게 넘길 수도 없잖아. 우린 서로가 원했고, 스스로 선택했어. 물론 이런 상황이 올 줄 몰랐지만, 우리가 기뻤던 날들, 설레었던 날들, 행복했던 날들, 그날들이 있었잖아. 그 대신 지금 고통을 받는다고 생각하자. 남들이 느끼지 못하는 그런 기쁨을 우린 가진 적이 있으니까. 그러니 더 이상 후회하지 말자. 네가 그렇게 아파하면 내 심장엔 못이 박히는 것 같아."

피나무는 참나무의 몸이 조심스럽게 떨고 있는 것을 느꼈다. 그리고 참나무의 몸 군데군데에서 스며 나오는 촉촉한 액체가 그와 맞닿아 있는 속살을 통해 천천히 스며드는 것을 느꼈다. 피나무는 그렇게 참나무의 속울음을 고스란히 느끼며 자신도 모르게 몸을 떨면서 울었다.

사랑에 대해 그럴듯하게 말은 했지만 참나무는 피나무를 끝까지 보호해줄 수 없는 자신의 운명이 너무 원망스러웠다. 언제 죽게 될지 모르는 자신의 운명. 허리 아래에 페인트가 칠해지던 날 그는 사형선고를 받은 사형수가 된 것이나 다름없었다.

참나무는 속으로 울고 또 울었다. 어깨가 들썩일 것 같아 억지로 참으며, 눈물도 흐르지 않도록 그저 속으로만 서럽게 울었다.

"우우우우……웅, 우지끈, 쿵!"

그때 나무를 베는 소리와 나무가 넘어지는 소리가 산 아래쪽에서 들려왔다. 하나둘, 등산로에 붙어 서 있던 나무들이 맥없이 쓰러지고 있었다. 그 소리가 들릴 때마다 참나무는 마치 자기 몸이 베이는 것 같아서 움찔움찔 놀랐다. 쓰러지는 나무들의 '쿵' 소리를 들을 때면 자신이 넘어지는 것 같아 현기증이 일었다.

그 미묘한 움직임을 피나무가 모를 리 없었다. 지나가는 바람 때문이라고 생각할 수도 있었지만, 서로 속살이 닿아 있는 피나무에겐 참나무의 불안이 고스란히 전달되었다.

"어디 아파요? 아무 말도 않고, 왜 그렇게 움찔움찔 놀라죠?"

"으응, 아…… 아니……"

참나무는 무슨 말을 해야 할지 몰라 말끝을 흐렸다. 하지만 더 이상 숨겨서는 안 될 것 같아 결국 사실대로 말하기로 결심했다.

"응, 여기 내 아랫부분을 봐. 뭐가 보이지?"

피나무는 참나무의 아래쪽을 살펴보았지만 별다른 것은 없어 보였다.

"아래요? 뭐가 있다는 거죠? 아무것도……."

"저 아래, 하얀 줄무늬 안 보이니?"

"아, 보여요. 그런데 그 하얀 띠가 어때서요?"

"저 아래에서 나무들이 쓰러지는 소리 들리지? 나처럼 하얀 줄이 그어져 있는 나무들이 잘리는 소리야."

"왜…… 잘리는데요?"

"등산로를 넓힌다고. 사람들이……."

"그럼 당신도 죽는 거예요? 저 나무들처럼?"

피나무는 깜짝 놀라서 물었다. 마른하늘에 날벼락이라고 이게 갑자기 무슨 황당한 소리란 말인가.

"으응, 그럴 거야."

"그런데 왜 난 모르고 있었어요?"

"네가 자고 있을 때 사람들이 다녀갔거든."

피나무는 어이가 없었다. 아무리 그래도 그렇지 한 몸이 된 지가 언젠데 그 중요한 걸 어떻게 말하지 않을 수 있단 말인가.

"뭐라고요? 그럼 난 어떡하죠? 나 혼자 어떻게 살라고요! 그리고 난 그것도 모르고 당신과 사랑이 이루어졌다고 얼마나 좋아했는데…… 왜 미리 말 안 했어요? 이렇게 당신이 가고 나면 나보고 어떡하라고요. 안 돼, 안 돼요."

피나무는 흐느껴 울기 시작했다.

"미안해. 하지만 차마 말할 수가 없었어. 나도 갑자기 그런 일을 당하고 어떻게 해야 할지 몰랐어. 널 혼자 남겨두고 떠나야 한다는 사실에 슬픔도 너무 컸고. 어쨌든 무조건 미안해. 다 내 잘못이야. 그러니 제발 이제 그만 울어. 울어봐야 아무 소용이 없다고. 우리는 움직일 수 없으니 사람들처럼 여기를 떠날 수도 없잖아. 그러니 받아들이는 수밖에. 이제 와서 돌이킬 수도 없고……"

참나무가 달래보았지만 피나무는 울음을 멈추지 않았다. 아니, 멈출 수가 없었다. 엄마를 잃고 혼자 외롭게 지내다 이제 겨우 사랑을 찾았는데, 행복을 찾았는데, 어떻게 또다시 혼자 살란 말인가.

"나도 널 떠나는 게 싫어. 나도 이대로 죽는 게 정말 싫지만 이제 어쩔 수가 없어. 우린 이제 어쩔 수가 없단 말이야. 내가 아무리 고함을 쳐도 사람들은 내 말을 못 들어. 우리가 아무리 애원해도 사람들은 우릴 그냥 나무로만 대할 뿐이야. 사람들에게 우린 숲속 어디에서나 볼 수 있는 나무일 뿐이라고. 그러니 어쩌겠니. 운명인데…… 이것이 너와 나의 운명인데 그냥 받아들여야지. 우리에겐 이제 희망이 없어."

참나무의 말을 들은 피나무는 부끄러웠다. 참나무가 자기보다 더 아프고 힘들었을 텐데 자신은 그것도 모르고 불평만 했던 것이다. 자기 생각만 하고, 자기를 진심으로 생각해주는 참나무의 마음을 전혀 모른 채 말이다.

피나무는 말없이 참나무의 품으로 파고들며 그를 더욱 힘차게 안았다. 참나무도 훌쩍이며 있는 힘을 다해 피나무를 끌어안았다. 참나무는 숨이 막힐 만큼 강하게 밀착해 오는 피나무를 느끼면서 더 가슴이 아팠다. 원치 않지만 얼마 안 있으면 피나무에게서 강제로 떨어지게 되어 자신이 떨어져나간 흔적이 고스란히 남게 될 것이고, 그것이 피나무의 마음을 언제까지나 아프게 할 것 같았기 때문이다.

그러는 동안에도 나무들이 쓰러지는 소리와 함께 톱을 든 사람들이 시시각각 다가오고 있었다. 애써 태연한 척하던 참나무의 마음은 점점 공포에 휩싸였고, 그들이 참나무 앞에 도달할 즈음에는 숨이 턱 막히면서 말조차 나오질 않았다.

참나무는 오한이라도 든 것처럼 덜덜 떨었다. 참나무의 몸이 갑자기 떨리는 걸 느낀 피나무는 드디어 올 것이 왔구나 하는 직감에 온몸이 오싹해졌다.

톱날이 참나무의 밑동에 닿았다. 이제 스위치만 누르면 참나무는 '우우웅' 소리와 함께 땅바닥으로 곤두박질 칠 것이다. 피나무는 벌벌 떨면서 흐느껴 울었다. 참나무는 그저 멍하니 하늘만 올려다볼 뿐 눈물조차 흘리지 않았다.

"잠깐! 그 나무를 자르려고요?"

마침 정상 쪽에서 내려오던 노란 모자를 쓴 젊은이가 톱질을 하려는 남자에게 물었다. 그러고 보니 전에 흑인 여자와 이별 등산을 왔던 젊은이였다.

"우리야 뭐 위에서 시키는 대로 할 뿐이오. 그런데 그건 왜 묻는 거요?"

키가 작고 야무지게 생긴 사람이 젊은이에게 물었다.

"네, 실은 이 나무에 사연이 있거든요. 전에 이 나무 아래에서 사랑하던 사람과 헤어졌어요. 그 이후 산에 오를 때면 여기에 와서 잠시 이 나무를 올려다보곤 해요. 이 나무는 나에겐 아주 소중한 추억이 깃든 나무라고요. 그리고 이 나무가 여기 이렇게 멋지게 뿌리를 뻗어주어서 사람들이 쉴 수 있는 자리가 만들어졌잖아요. 그늘도 다른 나무보다 훨씬 좋고요. 그런데 이 나무를 자르면 쉴 터도 없어지고, 또 저 위를 보세요. 피나무가 이 나무에 붙어 있잖아요. 이 나무들은 사랑을 이루었어요. 아주 힘든 사랑을요."

참나무를 자르려던 사람은 키가 크고 뚱뚱했다. 그 옆의 키 작은 사람에 비해 나이가 훨씬 어려 보였고, 얼굴이 통통한 것이 순박한 시골 청년 같았다. 키 작은 사람이 그에게 말했다.

"이 나무는 베지 말지."

"왜요? 베라고 표시되어 있는데. 안 베면 나중에 작업지시대로 안 했다고 한소리 듣잖아요."

톱을 든 사람이 말했다.

"아니, 내가 책임질게."

"네? 그런데 왜 이 나무만 베지 말라는 건데요? 다른 나무는

118

다 베었으면서."

"이런 무식한 사람, 저 뒤쪽을 보란 말이야. 이건 진귀한 나무라고. 저 뒤 보이지? 피나무하고 붙었잖아."

"그런데요?"

"답답한 사람 같으니라고. 이 나무는 연리목이라고!"

"연리목?"

"그래 연리목, 사랑나무란 말이야."

"사랑나무요?"

"그래, 사랑나무, 나무도 사랑을 한단 말이지. 저기 봐, 제대로 붙었잖아. 이 참나무랑 피나무랑, 둘이서 사랑을 한다고. 나도 이 산 저 산 많이 다녀봤지만 이렇게 다른 나무가 제대로 붙어서 사랑을 나누는 건 처음 본다고. 아차산에는 연리근이라는 것도 있어."

"연리근?"

"그래, 뿌리 근根 자를 써서 연리근이야. 거기 가면 아카시아 나무가 같은 뿌리로 연결되어 있어. 뿌리는 땅 속에 있으니까 연리근이 발견되긴 어려운데 거긴 있더라고. 그 나무는 특별히 보호하면서 사람들의 접근도 막고 있어. 그리고 김제와 전주에 걸

쳐서 모악산이란 산이 있는데, 그 산의 김제 쪽 금산사에서 좀 올라가다 보면 거기도 사랑나무가 있어. 그 나무는 연리지라고 하는 것 같더라고. 소나무 두 그루가 한 3미터쯤 떨어져 있는데 신기하게도 중간쯤에서 가지가 나와 서로 붙어 있어. 마치 나무와 나무 사이를 막대기로 이어놓은 것처럼 말이야. 서로 사랑하는 사람이 거기 와서 사랑을 맹세하면 영원히 행복하게 살 수 있다고 하더라고. 물론 그 나무도 보호하고 있지. 그리고 이렇게 나

무와 나무가 각기 올라가다가 서로 붙어서 사는 나무를 연리목이라고 하는데 이건 보기 힘들어. 그런데 이걸 자른다고? 이런 나무는 보호해야지. 이게 얼마나 진귀한 볼거린데."

숨죽인 채 이들의 대화를 듣고 있던 참나무와 피나무는 가늘게 한숨을 내쉬었다. 하지만 아직 안심할 수는 없었다. 뚱뚱한 사람이 어떻게 나올지 모를 일이었다.

"그런데 괜찮을까요? 여기 표시도 되어 있는데……."
"아, 거참 내가 책임진다니까 그러네. 아마도 오히려 칭찬을 들을 거야. 물론 그 사람들이 여기에 와서 볼 일도 없겠지만. 그래도 우리가 가서 보고는 해야겠지. 이건 좋은 일이라고."
"감사합니다, 아저씨."
흑인 여자를 사랑하다가 지금은 가슴앓이를 하며 추억의 등산로를 따라 등산하던 그 젊은이, 참나무를 베지 말라고 부탁했던 그 젊은이가 인부들에게 공손하게 인사하며 귤 두 개를 꺼내 그들에게 주고는 산을 내려갔다.
젊은이에게 받은 귤을 까서 알맹이를 입으로 가져간 뚱뚱한

121

사람은 더 이상 토를 달지 않고 참나무를 지나쳐 올라가며 다른 나무들을 베기 시작했다.

사람들이 지나가자 피나무는 길게 한숨을 내쉬었다.

"난 당신에게 그런 사정이 있는 것도 모르고 당신을 괴롭혔어요. 얼마나 마음을 졸였는지 몰라요. 당신이 죽을 수도 있다고 생각한 시간이 실제론 얼마 안 되었을 텐데 나에겐 영원처럼 길게 느껴졌어요. 그리고 얼마나 빌었는지 몰라요. 내가 알고 있는 신이란 신은 다 부르며 빌었어요. 당신을 내게서 데려가지 말라고요. 당신은 내게 너무나 소중한 존재예요. 앞으론 절대로 당신에게 불평도 투정도 하지 않을 거예요. 지금껏 겪은 아픔보다 더 큰 아픔이 와도 당신은 이 세상에서 내게 가장 소중한 존재니까요. 아, 울고 싶어요. 슬퍼서가 아니라 너무 기뻐서요. 당신과 앞으로도 함께할 수 있어서요. 나도 이제 철이 좀 드나 봐요. 아, 당신이 너무 고마워요. 이렇게 살아준 당신이……"

참나무는 피나무의 고백을 잠자코 듣고 있었다. 자신이 아직 살아 있다는 사실이 꿈만 같았고, 자신의 품에 안겨 감격에 겨워하는 피나무를 보고 있는 것도 너무 행복했다.

"운명이니, 인연이니, 정말로 있긴 있나 봐요. 아까 그 젊은이가 전에 내가 당신과 만난 지 얼마 안 되었을 때 들려주었던 이야기의 주인공이잖아요? 그리고 그가 여자와 함께 이별 등산을 왔을 땐 나도 보았고요."

"응, 맞아. 그걸 기억하고 있었구나?"

"기억하고말고요. 가끔 당신을 안아보고 가는 것도 보았는걸요. 단지 아직 두 사람의 사랑이 이루어지지 않은 것 같아서 남의 일 같지 않아 당신한테 말도 못하고 모른 척하고 있었을 뿐이에요."

참나무와 피나무는 서로를 있는 힘껏 끌어안고 기쁨의 눈물을 흘렸다. 이제는 운명의 끈에 하나로 묶인 사이라는 생각에 둘의 포옹은 더욱 격렬했다. 여전히 둘 사이에는 상처가 있었지만 기쁨의 눈물에 젖은 상처는 전보다 아픔이 한결 덜했다. 아니, 영원히 함께할 수 있다는 생각이 아픔을 전혀 느끼지 못하게 해주었다.

"고마워요. 이젠 사랑이 뭔지 알 것 같아요. 사랑은 서로의 눈물로 서로의 상처를 치료하여 하나의 운명의 끈으로 묶어주는 것이에요."

"후훗, 네가 그런 말을 할 줄 알다니, 너야말로 정말이지 시를 쓰는 나무구나."

"전에도 당신은 나를 시 나무라고 불렀잖아요."

참나무는 눈물을 훔치고 아무렇지 않은 듯 피나무를 바라보며 싱긋 미소를 지었다. 피나무도 따뜻한 미소로 화답했다.

"앞으로도 아픈 날은 또 찾아올 거야. 이제 바람은 멈추었지만 이런 날은 얼마든지 있을 수 있어. 그만큼 둘이 하나가 된다는 게 얼마나 힘들고 아픈 건지 미리 생각했어야 했는데……. 하긴 그런 걸 미리 알았다면 이런 사랑은 시도조차 하지 않았을 거야. 서로의 가슴과 가슴이 만나기 위해서는 서로의 겉을 조금씩 깎아내야 하고, 어느 쪽이 더 아프고 어느 쪽이 더 깎이는지 서로 따지지 말아야 한다는 걸, 그래야 사랑이 완성된다는 걸 우리는 몰랐던 거야. 그리고 그렇게 사랑이란 틀에 갇히고 나면 둘 중 하나가 죽지 않는 한 영원히 벗어날 수 없다는 걸 이제는 알 것 같아. 이런 걸 미리 알면 사람들도, 나무들도 아마 사랑은 하지 않으려고 할 테지."

참나무의 진지한 말을 자르며 피나무가 말했다.

"맞아요. 당신이 한 말들이 모두 옳아요. 이런 사랑을 하지 않았으면 알 수 없는 진리들이지요. 당신의 말은 한 마디 한 마디가 모두 진리인 걸요. 이렇게 벗어날 수 없게 짜인 틀, 이게 사람들이 말하는 운명이 아닐까요? 내가 당신에게 가까이 가려고 시도했던 건 인연일 거고요."

피나무의 말을 듣고 있던 참나무는 피나무를 물끄러미 바라보며 빙긋이 웃었다.

"인연과 운명이라. 사람들은 서로 사랑할 땐 그 만남을 인연이라고, 또 그 인연을 운명이라고 하지. 그러다 그 인연이 깨지면 악연이라고, 악연을 운명이 아닌 것처럼 말하곤 해. 하지만 우리는 늘 운명이야. 이제 너도 세상의 이치를 모두 깨달은 것 같구나. 너와 나는 서로 다르지만 이제는 하나로 살아가야 하는 것, 이건 운명일지 모르지. 하지만 분명한 건 우리가 서로 선택한 거야. 앞으로 우리에게 어떤 고통과 아픔이 또 다가올지 몰라. 사랑에 대해 우리는 다 알고 있다고 생각하지만 아직도 우리가 알아야 할 일, 겪어야 할 일이 얼마나 많을지 몰라. 분명한 건 우리는 이제 피할 수 없다는 거야. 함께 살아가야 해. 그러니 이젠 서로 원망하지 말자고. 후회도 말고. 너와 내가 서로 선택한 거니까. 서로가 미워하며 살면 우리가 살아갈 날들이 너무 괴롭잖아. 그러니까 네가 나를 선택한 거, 내가 너를 선택한 거, 서로 고마워하며 살아가는 거야. 아, 이제 다시 겨울이 오겠구나."

사랑은 그렇게 한여름의 뜨거운 태양처럼 열정적으로 찾아와서 이들의 운명을 바꿔놓았다. 하마터면 밑동부터 싹둑 잘려나가 이 세상을 영원히 등질 뻔한 참나무의 목숨을 구해주었고, 모처럼 찾은 사랑을 잃고 평생 실의에 젖어 살 뻔했던 피나무에겐 태어나서 처음으로 맛보는 황홀한 기분을 선사했다.

　어느새 이들이 사는 숲에도 겨울이 찾아왔다. 매섭게 몰아치는 칼바람, 세상을 다 집어삼킬 듯 펑펑 쏟아지는 눈, 살을 에듯 차가운 날씨…… 겨울과 함께 또다시 이들을 아프게 할 시련이 닥쳐왔지만, 이들은 서로에게 의지해 함께 행복한 꿈나라를 여행하며 아무런 고통도 느낄 수 없었다. 그리고 둘 사이에 난 상처는 이들의 사랑이 단단해지는 것과 함께 조금씩 아물어갔다.

9

몇 번의 겨울이 지나가고 몇 번의 봄이 찾아왔다. 그동안 두 나무는 완전한 하나가 되어 있었다. 그리고 이들 사이에 난 상처도 깨끗이 아물어서 이제는 눈물도 빗물도 흘러들어갈 수 없었다.

"참 오랜 세월이었어요. 사랑은 짧은 시간에 뚝딱 이루어낸 것보다 긴 시간을 인내하여 이루어낸 것이 더 위대한 것 같아요, 우리 사랑처럼. 난 당신을 처음 보았을 때 그냥 쌀쌀맞은 나무인 줄만 알았어요. 이렇게 따뜻한 마음이 숨어 있는 줄은 짐작도 못했어요. 지금 맞는 이 봄처럼 앞으로 우리에게 주어진 봄들은 늘 행복을 가져다주겠지요. 그리고 당신처럼 뜨거운 눈물, 사랑의 눈물을 가진 나무는 없을 거예요."

"후후, 넌 겉보기보단 아주 약해. 너처럼 속이 약한 나무도 없을걸. 그래서 생각했지. 연약한 너를 내가 꼭 지키고 보호해줘야겠다고. 그러려면 나의 눈물이 조금이라도 도움이 될 거야. 내 몸도……"

"그래서 좋아요. 그동안 약한데 괜히 더 강한 척하려고 심술을 부리곤 했나 봐요. 그런 나를 이해하고 받아주어서 고마워요. 이젠 그 무엇도 두렵지 않아요. 비록 잠이 들어도 당신 품에 내가 안겨 있으니까요. 이젠 꿈속에서도 악몽은 없을 거예요. 그리고 당신에게 할 말이 있어요."

"응, 알아. 날 사랑한다고?"

피나무는 피식 웃었다. 하지만 결코 비웃는 건 아니었다. 괜히 오버하는 참나무가 나이에 어울리지 않게 귀여워 보였기 때문이다.

"그게 아니고요."

"그럼 뭔데?"

"당신, 당신이…… 나를 참아준 당신이 고맙다고요. 정말로 고마워요."

"그러고 보면 그동안 우리에게도 제법 시련이 많았던 것 같아.

만약에 우리도 사람들처럼 자유롭게 움직일 수 있었다면 그때 심하게 싸우고 따로따로 내려간 연인들처럼 그렇게 헤어졌을지도 몰라. 물론 잘려서 죽을 위기를 맞았을 땐 움직일 수 없어서 달아나지 못하는 게 야속하기도 했지만."

참나무의 말을 듣고 피나무는 참나무를 더 힘껏 끌어안으며 부끄러운 듯 작은 소리로 말했다.

"그때 그 연인들은 다시 합쳐지지 못했겠지요? 그 젊은 남자를 생각하면 나를 보는 것 같아 괜히 부끄럽다니까요. 당신에게도 미안하고……."

"그럴 수도 있지 뭐. 그 젊은 남자, 다시 합쳐졌을지도 모르지만 내가 생각하기엔 그냥 헤어지는 게 좋을 것 같더라. 사람이 변한다고는 하지만 그래도 기본은 되어 있어야 변해도 제대로 변하지. 그보다 저번에 내가 죽을 뻔했을 때 지나간 친구 있지? 나를 베지 않았으면 좋겠다고 인부들에게 말해준……."

"네, 기억나요. 상기라는 젊은이요. 그래요. 난 그 젊은이가 누군가를 찾아서 행복하게 살았으면 좋겠어요. 안돼 보이더라고요."

"너도 그렇게 생각하는구나. 철이 들었나 보다. 나도 그 생각을 했어. 지나갈 때마다 그 여자를 생각하는지 그 여자가 했던 대로 나를 안아보곤 하는데, 늘 눈가가 축축이 젖어 있더라고. 요즘 젊은이들 같지 않아. 그리고 난 그 젊은이에게 큰 빚을 졌잖아. 나를 살려준 셈이니까. 기왕이면 국경을 초월해서 그 여자와 맺어져도 좋은데. 너와 내가 아주 다르면서도 한 몸으로 살아가는 것처럼……."

참나무는 진심으로 말하는 것 같았다. 가늘게 떨리는 그의 목소리가 결코 형식적으로 하는 말이 아니라는 것을 말해주고 있었다. 피나무도 그의 말에 맞장구를 치며 말했다.

"맞아요. 그런데 어디 당신만 빚을 졌나요, 나도 빚을 졌죠. 만일 당신이 그때 죽고 말았다면 나는 어쩔 뻔했어요? 생각만 해도 끔찍하다구요."

"그래, 우리는 모두 누군가에게 사랑의 빚을 진 채 살아가는 거야. 뭔가를 하나 잃으면 뭔가를 얻는 게 사랑인 것 같아. 우리가 애태우고, 가을이면 다시 봄에 만날 수 있을까 두려워했던 때를 생각해봐. 그게 다 사랑하기 때문에 초조하고 불안하고 아프고 기다리고 했던 거잖아. 또 우린 서로 잃은 게 있잖아. 나는 참나무란 이름을 잃었고, 너는 피나무란 이름을 잃었고. 그 대신 사랑나무라는 공동의 이름을 얻었지. 난 이 이름이 참 좋다. 이 이름 속엔 너와 나의 이름이 함께 들어 있으니까."

"그건 나도 마찬가지예요. 당신하고 하나의 이름을 쓰고 그 이름 속에 묶여 있다는 게 너무나 기쁘고 행복해요. 이게 진정한 자유라는 생각도 들고요."

"응, 맞아. 하지만 조금 귀찮긴 해. 전에는 안 그랬는데, 요즘은 사람들이 더 찾아와서 우리를 들여다보고 사진을 찍어가고, 밟아대는 바람에 나는 더 괴로워."

참나무는 사랑나무가 된 뒤로 자신이 새롭게 겪고 있는 고충에 대해 이야기했다. 그러자 그 말을 받아 피나무가 말했다.

"그래도 죽을 뻔했다가 살아난 것만 해도 다행이지요. 난 그게 얼마나 감사한데요."

"그러고 보니 너에게도 고마워해야겠다. 네가 나를 사랑하지 않았으면 오늘의 난 없었을 거야. 너와 하나가 되어 사랑나무란 이름을 얻은 덕분에, 너와 내가 연결된 걸 그 상기란 젊은이가 본 덕분에 내가 살게 된 거잖아. 그러니 네게도 고마워해야지. 정말 고맙다. 피나무야."

"아니지요. 사랑나무잖아요. 이제 우리는."

그때 갑자기 참나무가 아주 반가운 목소리로 소리를 질렀다.

"아, 저기, 그 남자야!"

"네?"

피나무는 눈이 동그래져서 아래쪽을 쳐다보았다. 그곳에선 아래위로 모두 검은색 옷을 입고, 머리엔 언제나처럼 국방색 모자를 눌러쓴 상기라는 젊은이가 올라오고 있었다. 그런데 그가 짊어진 것이 전과는 조금 다른 것이었다. 아이를 앉혀서 업고 오는 의자 같기도 하고 가방 같기도 한 것이었는데, 그 안에는 두 살가량의 아기가 젖병을 물었다 놓았다 하면서 흔들거리는 게 신나는지 까르르 웃고 있었다.

아기의 얼굴은 남자를 닮았지만 머리는 파마를 해놓은 것처럼 아주 곱슬곱슬했고 이가 유난히 하얗게 반짝였다. 그리고 바로 뒤로는 약간 긴 머리카락 위에 밀짚모자 모양으로 생긴 노란색 모자를 쓰고 연초록색 티에, 보라색 바지를 입은 한 여자가 따라오고 있었다.

"아, 저 여자는 다이애나…… 그래, 맞아. 다이애나야. 그때 저 남자와 함께 와서 내게 기대어 울던 그 여자, 맞네. 다시 사랑을 찾았나 보다. 남자가 여자를 못 잊고 여기만 오면 그녀가 나를 안았던 것처럼 안고 그렇게 그리워하더니, 결국엔 사랑에 성공했나 봐."

"맞아요. 정말 다행이에요. 저 아이는 그럼 둘 사이에 낳은 아이겠죠? 얼굴은 까맣지 않은데 엄마, 아빠를 골고루 닮은 것 같아요. 그런데 꽤 여러 해가 지났는데도 여자 얼굴은 여전히 까마네요."

"후훗, 당연하지. 타고난 피부색은 절대로 바뀌지 않아. 어쨌든 정말 잘됐다. 저 두 사람의 사랑이 이루어져서. 꼭 우리를 보는 것 같아……."

"네, 정말 그래요. 정말로 잘됐어요. 그런데 그들은 어떻게 되었을까요?"

"누구?"

"있잖아요. 전에 싸우다가 남자가 먼저 내려가 버린 그 사람들 말이에요. 그 뒤로 다시는 이 산에 오지 않았잖아요."

"글쎄, 다시 화해를 했거나 완전히 헤어졌거나. 산에 안 오는 거야 멀리 이사 갔기 때문일 수도 있고, 산을 더는 안 좋아해서 그럴 수도 있고, 사랑과 산에 오는 게 꼭 결부되는 건 아니니까. 어떤 모습으로든 잘살고 있을 거야. 사람들은 어디든 갈 수 있으니까, 사랑도 움직일 수 있지. 기쁜 사랑도 하지만 때로 슬픈 사랑을 하기도 해. 하지만 우리는 이렇게 평생 헤어지지 않을 거니

까 우리에게 슬픈 사랑이란 없어. 그 생각만 해도 난 너무너무 좋아."

참나무가 조용조용하면서도 감격에 겨운 목소리로, 울음 섞인 목소리로 말하고 있을 때 앞에서 올라오던 남자가 참나무를 가리키며 여자에게 말했다.

"생각나지? 이 참나무 말이야."

"응, 생각나. 그때는 많이 아팠는데, 여기에 오니 당신이랑 헤어지던 때가 생각나. 나 여기서 당신이랑 헤어지고 내려오다 많이 울었어. 그러고 보니 그때보다 이 나무 더 굵어졌다."

여자의 눈에 이슬이 맺히는 게 보였다. 햇살에 반짝이는 그 이슬은 추억을 되새기며 흘리는 그리움의 눈물이었다.

"그래, 다이애나, 나도 그때 당신 지켜보았어. 그리고 당신이 그리울 때마다 여기에 와서 당신이 이 나무를 안고 울던 것처럼 나도 안아보곤 했어. 그리고 저 뒤쪽을 봐. 저건 피나문데 참나무와 붙어 있어."

"어? 정말 그러네. 그때도 서로 닿아 있더니 이젠 정말 완전히 서로 파고 들어가서 붙어버렸구나? 이 나무들 보니까 당신과 내 생각이 나."

"그렇지? 그래서 이 나무를 사랑나무라고 하는 거야. 쟤들도 많이 아팠을 거야. 둘 다 서로의 껍질을 뚫고 들어갔으니까. 지금도 자세히 보면 서로가 연결되어 있는 부분의 껍질이 우둘투둘한 게 좀 부자연스러워. 참 많이 아팠을 텐데, 용케 이겨냈어."

"사랑나무, 고마워! 그리고 당신도."

여자가 발그레한 손바닥으로 눈물을 훔치며 말했다. 그러자 남자는 여자의 어깨를 감싸 안아주며 말했다.

"나도 다이애나가 고마워. 믿고 기다려줘서. 우리도 다시는 떨어질 수 없는 사랑나무처럼 살아가자. 쟤들이 떨어진다고 생각해 봐. 평생 지울 수 없는 상처를 간직한 채, 더구나 상처를 보호해 줄 껍질조차 없는 상태로 살게 될 거잖아. 그러면 남은 삶이 얼마나 아프고 힘들겠어. 우린 절대로 헤어지지 말고 평생 행복하게 살자."

피나무와 참나무는 자신들이 연결되어 있는 부분을 동시에 바라보았다. 그리고는 행복한 미소를 지으며 서로를 더욱 힘껏 끌어안았다.

맑고 투명한 대기, 산들거리는 바람, 아름다운 새들의 노랫소리, 그리고 온 산을 뒤덮고 있는 초록의 싱그러움과 향긋한 꽃향기……. 모든 것이 한데 어우러져 그들의 사랑을 축복해주고 있었다.

피나무는 그 모든 축복을 만끽하며 자신의 유난히 넓어 보이는 초록 잎들이 참나무 잎들과 뒤섞여 잔물결처럼 일렁거리는 모습을 보면서 말했다.

"사랑이란 두 개의 이름으로 살다가 둘 모두 새로운 하나의 이름으로 살아가는 거란 걸 이제 알았어요. 사랑은 참……."

"행복하고, 감사한 거지. 지금의 우리와 앞으로의 우리에게도."

참나무는 피나무에게 말하면서 다짐하고 또 다짐했다. 피나무와 영원히 한 몸이 되어 사랑나무로 살아갈 것을……. 사랑나무로 살며 또 영원히 행복하고 감사할 것을…….

끝

글쓴이의 말

　바람이 부는 날, 산에 올랐다가 나무들이 삐걱거리는 소리를 들었다. 나무들이 서로 부딪치는 소리다. 마치 바람이 싸움을 부추겨서 서로 아프게 하는 것처럼 그냥 지나가는 바람에도 나무들은 아픈 소리를 내고 있었다. 그 소리에서 사랑을 느꼈다. 나무들의 아픈 사랑을, 사람들의 삐걱거리는 마음을.

　사랑나무, 나무들도 사랑을 한다. 그 나무들의 사랑은 아프다. 아프지 않은 사랑은 없다. 서로 다른 나무가 만나 사랑을 시작하면 우선 몸과 몸이 부대낀다. 원하든 원하지 않든 어쩌다 우연히 가까이 있다는 이유 때문에 몸을 맞대고 시간을 보내다 보면 점점 더 상대의 몸속으로 깊이 파고들고 싶어진다. 그렇게 상대의 마음을 얻기 위해 바람이 불면 바람에 의지해 떨어졌다 붙기를 얼마나 반복해야 했던가. 이제 껍질이 벗겨지고, 나무들은 속살을 맞대고 살아간다.

아프다. 바람에 삐걱거리는 몸이 부대껴 아프다. 그렇다고 멀어질 수도 없는 숙명을 타고난 나무들은 그 아픔을 겪고 나서야 하나의 나무로 완전히 붙어 지낸다. 살아있는 한 나무들은 서로 나누어지지 못한다. 그만큼 아픈 시절들을 보내고 하나가 되었으니 절대로 떨어져선 안 된다는 운명의 장난일까.

사랑나무, 서로 다른 개체였다가 하나 된 사랑나무들을 만난다. 깊은 숲에서 사랑을 앓는 나무들을 만난다. 그러면서 사람을 만난다. 사랑하는 사람들을 만난다. 사랑을 앓고, 사랑을 괴로워하는 사람들을 만난다.

사랑나무는 많다. 그런데 아프지 않은 사랑을 겪지 않은 나무는 없다. 쉽게 만나고 쉽게 헤어지는 사람들에게 사랑나무가 하는 말을 대신 전하고 싶었다. 그게 사랑인지도 모르면서 어쩌다 붙었으니 사랑하는 나무들, 반드시 껍질이 벗겨지는 아픔을 겪고 나서야 하나가 될 수 있는 나무들, 그들의 이야기가 듣고 싶었다. 그 이야기를 듣고 대신 전하고 싶었다.

아프지만 아름다운 사랑이야기를, 제법 많은 시간이 걸려야 이루어지는 그들의 사랑이야기를. 사랑은 아름다운 거니까, 사랑 없이는 살 수 없으니까, 아픈 시간을 많이 소비한 사랑은 무죄니까……

글쓴이 최복현

사랑나무

ⓒ 최복현, 2012

1판 1쇄 인쇄 2012년 8월 20일
1판 1쇄 발행 2012년 8월 24일

지은이 | 최복현
그린이 | 박미미
펴낸이 | 김대환
펴낸곳 | 도서출판 잇북

책임편집 | 김랑
책임디자인 | 한나영
인쇄 | 대덕문화사

주소 | (413-736) 경기도 파주시 교하읍 와석순환로 347
전화 | 031)948-4284
팩스 | 031)947-4285
이메일 | itbook1@gmail.com
블로그 | http://blog.naver.com/ousama99
등록 | 2008.2.26 제406-2008-000012호

ISBN 978-89-968422-2-4 03810

이 도서의 국립중앙도서관 출판시도서목록(CIP)은 e-CIP홈페이지(http://www.nl.go.kr/ecip)와 국가자료공동목록시스템(http://www.nl.go.kr/kolisnet)에서 이용하실 수 있습니다.
(CIP제어번호: 2012003585)